切除されて

キャディ 松本百合子＝訳

Mutilée par Khady Traduit par Yuriko Matsumoto

ヴィレッジブックス

ブックデザイン
鈴木成一デザイン室
カバー写真
© Droits réservés Graphisme : Bruno Barbette

日本の読者のみなさんへ

誰が始めたことなのか？

どんな目的があったのか？

一体、どうしたらこんなことを考えだせるのか？

様々な説があるとはいえ、誰も真実を知らないまま二千年以上も続いているのが「女子性器切除」というおぞましい慣習です。

私は七歳のときに切除されましたが、結婚してパリに移り住んでもなお、「娘を一人前の女性にするための通過儀礼」として、切除は当然のことと信じていました。

お清め、割礼《かつれい》などと呼ばれてきたために、いまだに宗教上の習わしのように考えられがちですが、これはイスラムの教えとはなんの関係もない、土着の慣習です。

しかも、この慣習は女性の体に大変な危害を加えます。

施術《せじゅつ》時に感染症にかかったり、大量出血が止まらず命を落とす少女。

おとなになって分娩《ぶんべん》時の異常出血で死に至る女性。

出口がふさがれていたりかたくなったりしているため、この世の光を見ることなく死んでしまう赤ん坊。

施術がうまくいったとしても、排泄《はいせつ》時の痛み、性交時の苦しみと、苦痛はいつまでも続き、心まで蝕《むしば》まれてしまいます。

女性の心身をこれほどまで危険にさらす行為であるというのに、いまだにアフリカ、中東、アジアの国々で一億人以上の少女たちが切除されているのです。しかも、私自身がそうであったように、この慣習については口にしないのが当然とされてきました。苦痛も、疑問も、怒りも、悲しみもすべて、胸にしまいこむほかないのです。

しかし、欧米諸国に移民社会が広がり「犠牲者《ぎせいしゃ》」の存在が明るみに出たことで、長いあいだベールに覆《おお》い隠されてきた事実が、ようやく悪《あ》しき因習《いんしゅう》として認められ、告発する女性たちが出てきました。

私は今、三つの団体に所属して女子性器切除廃絶《はいぜつ》に向けて活動しています。会合には日本から参加してくれる女性もいます。遠くの世界のことであろうと、肌の色が何色であろうと、世界のどこかに苦しんでいる女性がいると知るや、問題に目を向け、一緒に闘おうとする日本の女性たちの姿勢には、いつも胸が熱くなります。

私は自分の生まれた国、セネガルが大好きです。大切にしたい習慣や伝統もたくさんあります。しかし、女性の体と心を深く傷つける行為は撲滅《ぼくめつ》しなければなりません。私たちには、生まれたときに授かった体を守る権利があるのです。

本書を読んでくださる日本の方たちが、私の経験を通して今なお根強く残る忌《い》まわしい因習について考え、そして、ひとりでも多くの人と話をしてくれることで、少しでも抵抗の輪を広げていけたらと願ってやみません。

二〇〇七年春　キャディ

今もなお、身も心も、
苦しめられている女性たちへ

切除されて　目次

切除されて

プロローグ

二〇〇五年三月　ニューヨーク。

灼熱《しゃくねつ》の太陽が降り注ぐアフリカで生まれた私には、都会の凍《こお》りつくような寒さは身にこたえる。それでも私は歩く。幼いころから、ずっと歩いてばかりいた。友達と遊びに行く、水を汲《く》みに行く、市場を散歩する、居留地の壁の向こうで素敵な制服を着た軍人たちが行進するのを見に行く。母に叱《しか》られるほど歩くのが大好きだった。

「どうしてそんなに歩きまわってばかりいるの？　いいかげんにしなさい！　近所であなたを知らない人は誰もいないわよ」

母は扉《とびら》の敷居《しきい》のところに手で線を引きながら言ったものだった。

「この線が見えるでしょ？　今からこの線を越えてはだめよ！」

それでも私は自分を取り囲む世界のことをなんでも知りたくて、好奇心からそこらじゅうを走りまわっていた。

ところが七歳の夏のある出来事を境に、私は好奇心を満足させるためではなく、闘いのために歩くようになった。七歳では、体の敏感な部分に情け容赦《ようしゃ》なくつけられた切り傷が、自分の将来にどう影響するかなどわからなかったけれど、この傷は私に、平坦《へいたん》とはいえない、ときには過酷《かこく》ともいえる道のりを歩ませることになった。

私は自分自身と、困難な状況に置かれた女性たちのために、もっと早く、もっと遠くへと願いつつ、パリからローマ、チューリッヒからロンドンへと飛びまわり、二〇〇五年、ついにニューヨークまでたどりついた。しかも、女性の権利を求める国連の総会に出席するために。おなかのぽっこり突きだした、どこにでもいるアフリカの少女だったキャディが、女性活動家として国連に参加するまでになったのだ。

幼い日の私は、ピーナッツ・ペーストの入ったつぼを誇らしげに頭にのせ、ゆったりしたアフリカの伝統衣装ブーブーを着て歩く祖母やおばたちのあとを追うように、ちょこちょこ歩いていた。オイルに包まれた琥珀《こはく》色の美しいペーストは手つかずの状態で持ち帰らなければいけないのだけれど、ときどきうっかりして地面にこぼしてしまうことがあった。今でも私を叱《しか》りつけるフーレおばあちゃんの声が聞こえる。

「キャディ、自分がなにをしたかわかってるのかい？　どうされるかわかってるだろうね！」

祖母が藁《わら》の束を手に、玄関前の階段を降りてくると、姉妹や従姉妹《いとこ》たちが私をからかいはじめる。しかしムチがわりの藁で背中やお尻を叩《たた》かれているうち、私の小さな腰巻が足元にずり落ちてしまうのを見て、姉妹たちが同情して私の味方につくや、祖母は今度は彼女たちを振り返って言う。

「この子の肩を持つの？　なら、あんたたちのことも叩かなきゃね！」

私はそのすきにキシマおじいちゃんの家に向かって走りだす。祖父の折りたたみ式のベッドのうしろがお気に入りの隠れ場所だったし、祖父はこうした日常のお仕置きは女たちにまかせて自分はいっさい口出しせず、大声を出すかわりにきちんと説明してくれたので、安心できたのだ。

「キャディ、人からなにか頼まれたときには、その仕事に集中しなくちゃいかん。きっと友達とふざけていて、つぼがひっくりかえるのに気づかなかったんだろう」

いつも守ってくれる祖父の言うことなら、私はなんでも素直にきけた。
祖母からお仕置きを受けても、そのあとには必ず心温まる時間が待っていた。私を育ててくれていた祖母は実の母親以上に近い存在だった。発酵《はっこう》させたミルクをもらい、ひりひりするお尻を引きずりながらマンゴーの木のしたに陣取ると、姉妹や従姉妹《いとこ》たちとおままごとをして日が暮れるまで遊んだ。

私はセネガルが共和国としてフランスから独立する前年の一九五九年十月に生まれ、土地の慣習に従って、すぐに母方の祖母のひとりに預けられた。祖父には三人の妻がおり、私の母の母親であるマリが一番目の妻で、しつけのために私が預けられたフーレは二番目の妻だった。父にも母以外に妻がいたが、両親のあいだには私を含む五人の女の子と三人の男の子がいた。一夫多妻制が根強く残っているこの土地では、みんなが誰かのおじやおばとしてつながっており、会ったこともないいとこも大勢いて、人数など数えられないほど大きな一族を成していた。セネガルにはウォロフ、プルなどの複数の部族が暮らしているが、私の一族はソニンケ族という。そして私の家族はソニンケ族のなかでも高貴な階級で、祖先は聖職に就《つ》いているか農業を営んでいたのだが、祖父がティエスの鉄道で仕事をしていた関係で父も同じ仕事に就いていた。高貴といってもヨーロッパの貴族階級とは違って、ソニンケ語で「高貴」を意味する「オレ」という言葉は、厳しい教育を施《ほどこ》すという意味で使われている。誠実、忠誠、誇り、自分の言葉に責任を持つといった価値観は、日々の暮らしのなかでもっとも大切な原則とされている。

一夫多妻といっても、セネガルではそれぞれの妻がそれぞれ別の家に暮らしている場合が多く、わが家の場合も、ダカールで仕事をしていた父が母の家にときおり訪れるという暮らしだったため、子供たちが父と家で顔を合わせることは月に数えるほどしかなかった。母の家は、私が暮らす祖母のフーレの家から百メートルほどのところにあり、私はこの二軒《けん》の家を、いとこたちのお菓子をつまみ食いしながら、しょっちゅう行き来していた。

この土地では四歳か五歳になると自分専用の椅子《いす》を与えられる習慣があり、与えられたその日からおとなと同じように腰かけて食事をし、終わったら自分で片づけるようにしつけられる。この椅子は幼い子供から一人前の少年少女への移行のシンボルであると同時に、けんかの種でもあった。「ぼくの椅子を取ったな」「きみのじゃないだろ!」「兄さんに椅子を返しなさい」木にひびが入ってしまったり、成長するにつれて大きな椅子が必要になったりしたときまでずっと長いこと使い、使われなくなった椅子は幼い子供に譲《ゆず》られる。

私も祖母のフーレから椅子《いす》を与えられたとき、嬉しさと誇らしさとで、バオバブやマンゴーの木のした、市場の路地など、しばらくのあいだはどこに行くにも頭にのせて歩いた。見事な並木に縁取られた大通りのある町、夜明けから一族の男たちが祈りに行くモスクに守られている平和な町、首都ダカールからほど近いティエスの市外区にある大きな家での生活は、きわめて穏《おだ》やかなものだった。

一族の愛情に見守られ、九月の新学期から小学校にあがるのを楽しみにしながら、私はなんの不安もなく歩きまわっていた。しかし、その穏やかで平和な生活は、祖母たちに、「いいかい、今日はお清めをするからね」と言われたその日に、突然、終わってしまった。

第一章

恐ろしいカミソリ

一九六七年の夏。私は七歳だった。ダカールに住む従姉妹《いとこ》たちが、学校がお休みに入ったので祖母の家に泊まりに来ていた。小学校に通っていたレレ、アニー、ンダイエ、それに名前は忘れてしまったが遠い従姉妹たちも含め、六歳から九歳までの少女が十数人、祖母の寝室の前でおままごと遊びに興じていた。木や布でできた人形を母親や父親のかわりにして、市場に香辛料を売りに行ったり、小さな鉄の道具で料理をするふりをしたり、私たちはどこの世界にもいる少女とまったく同じだった。

母の家で寝た翌朝、六歳の妹のダバとともに朝早くに起こされ、水浴びをしてさっぱりした体に花柄のワンピースを着せられた。アフリカの生地でヨーロッパ風にカットした袖《そで》なしのワンピースで、色は茶色と黄色と桃色だった。タペットと呼んでいたゴムのサンダルを自分ではいて通りに出ると、人の姿がまったく見えなかった。それほど早い朝だった。

母に手を引かれ、モスクに沿って歩いていると、大きく開かれた扉《とびら》の内側から男たちの祈りの声が聞こえてきた。雨は降っていなかったが、雨季のあいだは昼近くになると三十五度くらいまで気温があがり、この日も太陽はまだ昇っていないというのに、すでに蒸し暑かった。

母に連れていかれたのは、祖父の三番目の妻、小柄《こがら》できゃしゃでとても穏《おだ》やかな五十代の女性の家だった。大きな家に入っていくと、数日前から泊まっていた従姉妹《いとこ》たちも私と妹と同じように、すでに水浴びを済ませ、洋服を着て、清潔でこぎれいな身なりの少女の一団となって、なんとなく不安そうな顔で集まっていた。

母は私と妹をその集団に加えるや、逃げるようにひとりで帰ってしまった。私はそのうしろ姿を見えなくなるまで目で追ったが、母は一度も振り返らなかった。母は女の子にも男の子にも平等に接し、学校のことでも家事のことでも、またお仕置きするときもやさしくするときも、わけへだてのない人だった。その母が私たちになにも言わずに去ってしまった。

いつもと違う母の様子や、ひそひそ話をしながら祖母たちが行ったり来たりしているのを見て、なにか特別なことが起こるのだと思った。特別だけれど、祖母たちの険《けわ》しい表情から、楽しいことでないことだけは察しがついた。突然、祖母のひとりが少女の群れに声をかけた。『施術《せじゅつ》する夫人』がやってきたのだ。藍《あい》色とダークブルーの巨大なブーブーに身を包み、大きなイヤリングをつけた背の低い女性。鍛《か》冶《じ》屋《や》階級の、祖母たちの友人。私はその顔に見覚えがあった。ほかにふたり、頑丈《がんじょう》そうな腕をした貫禄《かんろく》のある見知らぬ女性がいた。

祖母がソニンケ語で、「これからあなたたちは、祈りを捧げられるようになるために、サリンデされます」と告げた。「サリンデ」、つまり、「清められる」ということだ。フランス語では「切除される」あるいは、「切られる」とも言う。

突然、激しいショックに襲われた。これからなにが起こるのか、決して知りたくなかったことを、漠然《ばくぜん》とではあるが知ってしまったのだ。その瞬間、自分には関係ないことと思いながらも、なんとなく目にしたり耳にしたりしていた光景が頭に浮かんだ。

自分の兄弟や近所の男の子たちが悪さをしたときなど、ナイフやハサミを手にした母親や祖母から、「言うことをきかないなら、ちょんぎってしまうからね」と誰にでも意味のわかるジェスチャーつきで脅《おど》されているのを見たことがあった。男の子たちは、そんなふうに言われただけで割礼《かつれい》を受けた日の、ひりひりするような痛みがよみがえるのか、すぐさま逃げだす。実際、儀式を終えた男の子たちはカモのような変な歩き方をしたり、腰かけるのがつらそうだったり、二、三日、ひどいときは一週間ずっとめそめそ泣いている子もいた。私は女の子だから大丈夫と思ってきたことが、これから自分の身に起こるのだと思った。そしてそこに、母が家でときどき口にしていたなにやら神秘的な儀式と、それを通過してきた姉たちの姿が重なった。はっきり説明されることも教えられることもなかったが、自分もいつか経験することになるのだろうとうっすらと感じていたこと……。

この土地では家を仕切り、子供たちの教育をするのは祖母たちの役目だ。女の子が生まれて七日目の洗礼のあと、耳に穴をあけて、穴がふさがらないように黒と赤の糸を通すのも祖母たち。結婚、出産、新生児の世話をするのも祖母たち。女の子たちの清めの儀式を決定するのも、当然、祖母たちなのだ。

母親たちが帰ってしまうと、女の子たちのあいだに見放されたような、これまで味わったことのない奇妙な空気が漂い、心臓が激しく鼓動《こどう》しはじめた。祖母たちから「泣いてはいけないよ」と言われると、よけいに泣きたくなった。祖母たちは説明するかわりに、「清めてもらうのだから、がんばるのよ」「すぐに終わるからね。いっとき痛むだろうけれど、すぐにおさまるから。だから、がんばるのよ」と繰り返すだけで、その言葉が不安をいっそう駆《か》り立てた。

私たちは口もきけないほど、おしっこをもらしてしまうほど震えていた。それでも誰ひとりとして逃げようとはしなかったし、逃げるという考えさえ頭に浮かばなかった。だから、ただひたすら、無駄《むだ》なこととは知りつつ、誰か救いに来てくれる人がいないかと必死に視線を泳がせていた。

このとき、私たちのまわりには男性はひとりもいなかった。モスクにいるか、暑さが厳しくなる前に畑に出かけていたのだろう。守ってほしい祖父はおろか、誰も救いを求められる人はいなかった。

祖母たちは巻いてあった大きなムシロを二枚広げ、一枚は部屋の扉《とびら》の前に、もう一枚は部屋のなかにある、つぼに入った水が置いてあるだけの水浴び場の入り口に敷《し》いた。一族の女の部屋はみな似たりよったりで、大きなベッド、小さな食器棚、家財道具の入った鉄のケース、それに買い置きの食料などを保管しておくためのちょっとした物置があるだけの殺風景な部屋だ。

誰が最初に呼ばれたのか、あまりの恐ろしさに覚えてもいないが、部屋のなかでなにが起こっているのかどうしても見たくて、目をまん丸に見開いて扉ににじりよると、祖母たちにぴしゃりと怒られた。

「そこをどいて！　向こうに座っておとなしくしてなさい！」

扉《とびら》の内側には呼ばれた女の子のほかに三、四人の女性がいた。しばらくして女の子のすさまじい叫び声が聞こえてくると、こらえていた涙がどっとあふれでた。もう逃げ場はない。二番目の子、三番目の子、みな同じように狂ったように泣き叫ぶ。なにをされるのだろう。なにがそんなに痛いのだろう。私は床に腰をおろし、足を伸ばした体勢で身をこわばらせながら、声をおさえて泣いていた。

四番目か五番目に名前を呼ばれ、ふたりの女性に抱えられるようにして部屋に連れていかれた。ベッドのうえに寝かされるや、ひとりの女性に頭をつかまれ、肩に両ひざをのせて体重をかけられ、もうひとりに脚を広げられ、ひざをつかまれた。がくがく震えていた私の体は、もうなにがあっても動かない。身動きひとつできない。すぐさま、カミソリを手にした施術《せじゅつ》する女性が目の前に現れた。母親がこの日のために買ったカミソリだ。

その女性が、陰部の小さな肉のかたまりに触れたかと思うと、指で力いっぱい引っ張った。引っ張りながら、コブウシの肉でもそぎ落とすように切ろうとする。が、一回では切れず、のこぎりのように何度も引く。

自分の叫び声が今でも耳に響く。私は力のかぎり声を張りあげた。

「ぎゃー、痛い！　父さんに言いつけてやる、キシマおじいちゃんに言いつけてやる！　キシマ、キシマ、キシマ、早く来て、殺される、殺されちゃうよ、早く来てよお！　父さん！　父さん、どこにいるの！　父さんが来たら、あんたたちのこと殺すからね、父さんが、あんたたちのこと殺しに来るから……」

ほかのどんな痛みとも比べようのない激痛が体に走る。腸を縛られたような、頭のなかをハンマーで叩《たた》かれているような、説明しようのない痛み。私がどんなに叫んでも、施術の女性は平然と作業を続け、そうだね、あんたの父さんが来たら殺されるだろうね、とでも言いたげに、笑みさえ浮かべている。

助けを求めて家族じゅうの名前を呼び、祖父と両親の名前を繰り返し、何度も何度も叫んだ。この残酷な行為に抗議するためには口から言葉を発し、叫びつづけるしかなかった。この女性が切り取っているものがなんなのか、見たくなくて、見られなくて、目はぎゅっとつぶっていた。

おそるおそる目を開けると、ほとばしるように噴きだした血が女性の顔にかかっていた。自分の血を見た衝撃からか、しばらくのあいだ感覚を失ったように痛みさえ感じなかった「患《かん》部《ぶ》」が、猛烈に痛みだした。腹部を通って頭のてっぺんから足の先まで、おなかをすかせたネズミかアリの軍団にでも侵入されたように、激痛とも鈍痛《どんつう》とも区別のつかない痛みが全身に広がった。

気を失いかけたとき、顔にかかった血をぬぐうために、顔に水を振りかけられた。その瞬間、もう死ぬのだと思った。いや、死んだのだと思っていた。自分の体があるのかないのか、それさえわからないほど、体全体が麻痺《まひ》したような痛みに覆《おお》われていた。

施術《せじゅつ》の女性が陰部を引っ張ったり、切ったり、引いたり、きちんとそぎ取れたかどうか確かめるために、もう一度、最初からやりなおしたりと、作業にはたっぷり五分はかかった。永遠とも感じられる五分。そのあいだ、私は遠くから聞こえてくる祈りのような声を聞いていた。

「大丈夫だよ、もうすぐ終わりだからね、がんばるんだよ、強い子だもんね。あ、動いたらだめだよ、動けば動くほど、痛くなるんだからね……」

女性はカミソリを置くと、ぬるま湯にひたした布切れで、どくどく流れる血をぬぐった。施術中はなんの説明もなく、あとになって聞いたことだが、ぬるま湯には彼女が作った消毒剤が入っていたらしい。流血が少しおさまると、今度は感染症を防ぐために、黒い灰を混ぜたシアバター（西アフリカ産アカテツ科の常緑高木の種子からとった油脂）の軟膏《なんこう》を塗りつけた。

「さあ、起きあがるのよ！」

女性がそう言うと、押さえる役目をしていたふたりが私を起こそうとしたが、腰からしたを切り落とされてしまったかのようになにも感じない。頭のなかでは狂ったような勢いでハンマーが振り下ろされているというのに、体がふたつに切断されてしまったようで、立っていることなど、とてもできなかった。

苦痛にあえぎながら、私はカミソリを持っていた女性を恨《うら》んでいた。この女性が憎くてたまらなかった。その彼女はすでに別のカミソリを手に、別の女の子の施術を始めていた。

祖母たちが女性たちの手から死体のように動かない私の体を引き取ると、新しい布で患部《かんぶ》をぬぐい、新しい腰巻をつけてくれた。部屋を出ていかなくてはならないのだが、どうやっても歩けない私は、すでにそぎ取られて泣きつづけている女の子たちと一緒に、踊り場のムシロのうえに寝かされた。みんなが泣きわめいている様子に震えあがっている次の順番の女の子が、ふたりの女性に力ずくで拷問《ごうもん》部屋へ連れていかれるのが見えた。

説明しようのない痛みに、もう二度と目覚めることなく死んでしまうのだと思った。というより、あまりの痛みのために、いっそ意識を失ってしまいたい、ずっと眠らせてくださいと祈ったほどだった。幼い、未熟な体になされた暴力について、私はまったく理解できなかった。姉たちも、年上の女友達も、誰ひとりとしてなにも教えてくれなかった。つまり、この暴力は私にとってはただただ過酷《かこく》なもの、なんの根拠もない残酷な行為としか思えなかった。私がどんな悪いことをしたの？　悪いことをしたために罰《ばつ》を受けたの？　カミソリの刃でそぎ取られたあの部分は、いったいなんのためにあったの？　生まれたときからついていたものなのに、どうしてそぎ取られなくちゃいけなかったの？　神様の前でお祈りする許しを得るために消し去らなければならない、悪魔のようなものを私は持って生まれてきたの？

「清められた」女の子たちは、最後の順番の女の子が倒れこんでくるまでムシロでふせっていた。鍛冶屋《かじや》の女性がすべての女の子たちの切除を終えると、押さえつける役目をしていた女性たちが「清められた」女の子たちの血の跡をきれいにふき、掃除《そうじ》をしてから部屋を出ていった。そこでやっと姿を消していた母親たちがなぐさめにやってきた。なぜそばについていてくれなかったのか、そのときの私は母さえも恨《うら》みたい気持ちだったが、自分自身、母親となった今ならわかる。どんなに気丈《きじょう》な母親でも、自分の娘が味わう苦痛を間近で見ていられる母親はひとりとしていないだろう。なにより、娘があげる悲鳴に耐えられるはずがない。母親自身がかつて経験したことだけに、自分の子供の体の一部が切り取られるのは、自分自身の肉体が再び血を流すようなものなのだ。それでも母親は受け入れる。なぜなら、そうすることになっているから。そして母親は、娘が結婚まで処女を貫《つらぬ》き、結婚後も貞節《ていせつ》を守るためには、世間で言うところの「祈りを捧げられるようになるためのお清め」という野蛮《やばん》な慣習に従うしかないのだ。

「もう泣くんじゃないの、よくがんばったじゃない。痛くてもがまんするのよ。もう済んだんだから、ね、うまくいったんだから。さあ、もう泣かないの」

なにを言われても、泣きやむなんて無理な話だった。私たちは泣くことでしか抵抗できなかった。

家に戻ると、同じ年頃の男の子たちは、遊び仲間の女の子たちがあちこちに血の跡をつけて泣いているのを見て恐ろしくなったのだろう、身をすくめて茫然《ぼうぜん》としていた。

切除した女性のことを私は知っていた。祖母たちと同年代の鍛冶屋階級のニオントゥだ。一族に献身的に尽くし、祖母たちと一緒に市場に行ったり、頻繁《ひんぱん》に交流がある女性だった。鍛冶屋の階級では男たちは鉄の仕事をするかたわら男子の割礼《かつれい》を、その妻たちは女子の切除をまかされる。当時、こうした伝統は村から町へ、しかも経済的にも首都ダカールに次ぐ第二の町であるティエスにまで伝わっていたのだ。

ニオントゥは当日の晩と翌日の晩、そしてその後しばらくのあいだは毎朝、手当をしに家にやってきた。施術《せじゅつ》を終えたあとの一日の痛みといったら、すさまじいものがあった。仰向《あおむ》けに横たわったまま、左を向くことも右を向くこともできなかった。なんとかして少しでも痛みをやわらげようと、両ひじをついてほんのわずかに体を浮かしてみても、苦痛が鎮《しず》まるわけではなかった。そのうえ、おしっこをがまんしなくてはならないことで苦痛は倍になった。

どんなになぐさめの言葉をかけられても、なんの効果もない。私たちの栄誉をたたえるための、牛乳とアワで作られるラックという伝統的な朝食も、食べたいとも思わない。勇敢だった私たちを賞賛するために、祖母のひとりがユーユーという喜びの叫び声をあげ、両手を打ち鳴らしてダンスを踊っても、私たちはちっとも嬉しくない。そもそも、私たちは勇敢だったのだろうか。私にはそんな意識はまったくなかったし、勇敢な心など持っていなかったらどんなによかっただろう。

あのとき、切除した女性に対し、母親、おば、祖母たちは、腰巻か米かアワか、わずかなお金か、なにかしらの贈り物をしたらしい。そして、この行事を祝うために何頭かの羊がのどをかき切られて殺されたとわかったのは、昼食の時間だった。この土地では男たちの決定なしに羊が殺されることはありえない。つまり、男たちはなにが起こったのか知っていたのだ。そして、食べられもしないご馳走《ちそう》を私たちに見せたあと、家族はおいしそうに料理を味わっていた。当の私は、夜、痛みをやわらげるためのスープを少し口にしただけで、丸二日間、なにも食べられなかった。暑さで脱水症状を起こさないように水分は補給していたが、冷たい水を口に含むと、つかのま、ほっとできた。痛みから解放される瞬間といえば、水を口に含む、そのほんの一、二秒のことで、それ以外はずっと痛みに苦しめられていた。ことに手当のときの痛みは暴力的でさえあった。そぎ取られた部分についた血が凝固《ぎょうこ》しているのを、ニオントゥが再びカミソリの刃でけずり取る。忌《い》まわしいカミソリの刃で、引っ張り、ひっかき、こする。手当のあとは、ぬるま湯でぬぐわれたところで、眠ることなどできやしない。もし眠っているあいだに広げた両脚を閉じてしまったらどんなに痛いかと考えると、怖《こわ》くて眠気も吹き飛んでしまうのだ。痛みを鎮める方法を探してもむなしいだけ。私にはただ泣くことしか残されていなかった。

「泣いてばかりいないで、ちょっと起きて、歩いてごらんなさい」

歩くなんて、できっこない。私は断固として拒否した。昼間は母の部屋に寝かされていたが、夜になると無理やり起こされ、ほかの女の子たちと寝るため別の部屋へ連れていかれた。脚をカニのようにしてひとつのムシロのうえに横たわる十数人の女の子たち。まるで、笑いと希望に満ちた快活な子供時代に鉛の覆《おお》いをかぶせられたように、誰ひとりとして口をきかない。みんな同じ痛みを感じていたはずだが、同じことをされたのかどうかさえ知らず、押し黙ったまま、それぞれにそれぞれの苦痛を抱えていた。私はほかの子と比べてがまんが足りなかったのだろうか。誰を恨《うら》めばいいのだろう。あの瞬間、自分を痛めつけたニオントゥ？　両親？　それとも祖母たち？　おそらく、みんなを恨んでいたと思う。人生さえも。

祖母たちがかわるがわるやってきて、熱を冷ますための煎《せん》じ薬を額《ひたい》にのせたり、おなかの痙《けい》攣《れん》を鎮《しず》めるための熱いスープを飲ませてくれたりするうちに、痛みはゆっくりとやわらいでいき、四日もすると体の痛みには耐えられるようになった。けれど、精神的な苦痛はおさまることがなかった。爆発でもしそうなくらい、頭のなかが沸《わ》き立っていた。ムシロに横たわっているることしかできず、おしっこできるようになるまでに二日もかかったせいかもしれない。一番つらいのは排尿だった。祖母たちから、がまんすればするほど痛くなるんだよと言われ、たしかにそのとおりではあったのだけれど、最初におしっこをしようとした女の子が、まるで再びそぎ取られているかのような悲痛な叫び声をあげるのを聞いて、私はすっかり怖気《おじけ》づいてしまった。時間が経てば経つほど増してくる激痛を抱えながらも、二日間はどうしてもトイレに行けなかった。

朝と夜に包帯を換え、つぶした植物を混ぜたシアバターの軟膏《なんこう》を塗るという手当が一週間続いた。なんの植物なのか、灰で黒ずんだその薬は患部《かんぶ》に塗りつけながら女性がぶつぶつと口ずさむ言葉と同じくらい謎《なぞ》めいていた。さっぱり意味はわからなくても、人びとは祈りの言葉をまじえたこの連禱《れんとう》が、不吉な運命を遠ざけ、私たちの苦痛を鎮めるものと信じていた。女性は彼女にしかわからない言葉をぶつぶつ唱えながら、こうすれば血が止まる、こうすれば疫病神《やくびょうがみ》から身を守れると、女の子たちのことを洗脳していたのだろう。

少女たちの叫び声や泣き声がおさまるのを待っていたのだろう、家族の男たちがぽつぽつと姿を現しはじめた。「お清め」の日、名前を呼ばれる順番を待つあいだ目の端で探していたのは、いつも私を守ってくれていた祖父だった。その祖父がようやく私の前に現れ、額《ひたい》に手を置き、数分間祈りを捧げてくれたが、それ以外にはなんのなぐさめの言葉もなく去っていった。私はなにも言わなかった。助けを求めたところで無駄《むだ》だ。もう、終わったことなのだから。しかし、その日の祖父のまなざしは、幸せな日々のものではなかった。女の子が苦しむこの慣習には祖父も決して満足していたわけではないのだろうが、それでもどうすることもできなかったのだ。

日程さえ知らされていなかったのだと思う。施術《せじゅつ》にたずさわる女性たち自身も経験してきたこの慣習をあえて存続させている女性たちに対し、祖父であれ禁止することはできなかったのだ。

そして、誰からもなにも教えてもらえず、なんの説明もしてもらえない私としては、祖母たちの言葉を信じるしかなかった。

「もうじき忘れられるから。今までみたいに、歩いたり走ったりできるから」

いったん痛みが去ってしまえば、忘れられる。地獄のような一週間が過ぎると、本当にそのとおりだった。私のなかで決定的な変化があったように感じたのは確かだが、それがなんであるかは結局わからなかった。

傷跡を見たくても、怖《こわ》くてなかなか見られなかった。それに、施術《せじゅつ》した女性たちは、「よく洗うように」と言うだけで、ほかにはなにも説明してくれなかった。祖母たちも、「この部分は、なにがあっても必ず清潔にしておかなければいけない。いやなにおいがしないように気をつけていなければならない。それ以外は注意を払う必要はいっさいない」と繰り返すだけ。さらに母親たちからは、みんなに言われたことはとても大事なことだから忘れてはいけないと釘《くぎ》を刺された。

どうしてこんな痛い目にあわなくてはいけないの？　なんのためなの？　なにが切り落とさ

れたの？

ふつうなら母親を問いつめるだろう。でも、切除された少女の誰ひとりとして、そんなことはしなかった。私は一緒に切除された仲良しの従姉妹《いとこ》たちとも、この件について話した記憶がない。実の妹とさえ、ひと言も交わさなかった。これほど残酷なことをされたというのに、なぜ黙っているのかと不思議に思われるかもしれないが、私たちはそのようにしつけられていたのだ。口にすることを禁止されていたわけではない。ただ、口にすべきこととそうでないことを、幼いころから自然と頭に叩《たた》きこまれていたのだ。

この「お清め」は、女の子として生まれた以上、しなくてはならないこと。してしまえば終わり。過ぎたことは過ぎたこと。六、七歳ではわからないけれど、大きくなるにつれ、あの日の痛みは女になるため、結婚するために通過しなければならないポイントだったのだと理解していく。


おぞましい体験の日から三、四週間が過ぎると、従姉妹たちもダカールに帰り、それぞれふつうの日々を取り戻した。ある日、水浴びをしているとき、好奇心に駆《か》られ、そぎ取られた部分に触れてみたくなった。まだ痛みは残っていたので手で軽くさわってみただけだが、かたくなった傷跡のほかにはなにもなかった。そぎ取られた部分がどこだったのかは判明したが、それにしても、その部分がなんだったのか私はまだ知らなかった。七歳の私は、ほかの女の子たちと同じように、クリトリスという言葉はおろか、それがなんなのか、ましてや自分の体についているものであることさえ知らなかった。それまで意識して見ることもなかった自分の体の一部が、二度と見られなくなってしまったのだ。

一か月半ほどのあいだは陰部にボタンでも引っかかっているような、うずくような痛みを感じていた。しかしその痛みが去ってからは、疑問を持つことも考えることもしなくなった。祖母たちの言っていたとおり、忘れてしまったのだ。

私たちの女性としての未来が、あの日を境にほかの女性たちとは違うものになったこと、その後の女としての人生に様々な苦痛をもたらすことについて、誰も教えてくれることはなかった。しかしそれからしばらくして、家に遊びに来た同じ地区に住むウォロフ族の女性が口にした言葉は、幼い私の頭のすみに、とげのように引っかかった。同じセネガルに暮らしていても、ウォロフ族にはこの因習《いんしゅう》はない。隣の国、マリに旅したことのある彼女は切除の慣習について知っており、偶然にも彼女がやってきた日は、幼い従姉妹《いとこ》ふたりがそぎ取られた日だった。

「なんてこと！　あなたたちソニンケ族は、まだそんな残酷な行為を続けているの？　原始の時代からまだ目覚めていないの？　野蛮《やばん》なままなのね！」

相手を傷つけないように冗談めかして言うのがアフリカ流だが、彼女も笑いながらそう言った。言われた母もうっすら笑ってみせた。ただそれだけ。

その後も何度かこうした非難めいた発言をされるたび、おとなたちがうっすら笑いながら話題を変えるのを見てきた。決して反論もしないし、議論もしない。この件に触れられたら、笑ってごまかす、まるでそう決められているように。

ウォロフ族の女性の言葉を耳にしてから十数年経ってようやく、私は彼女の言おうとしたことが理解できた。ソニンケ族の女としての運命は、この部分を切除された日に決定づけられたのだと。ふつうの性生活を私から奪ったのは、この小さな密《ひそ》やかな部分をそぎ取る慣習だったのだと。

宗教とはまったく関係ないこの慣習を、宗教を理由にアフリカ女性に押しつけるのは、男たちのペテンと言うしかない。アフリカの国々では、女子性器切除は精霊崇拝《アニミズム》信奉者、キリスト教徒、イスラム教徒、それに黒人のユダヤ教信者ファラシャのあいだでも行われており、根源をたどればイスラム教が伝わる何世紀も前にさかのぼる。

男たちが女性たちの性器切除を望む悪《あ》しき理由は様々だ。妻を自分以外の種付けのオスに近づけないため、敵の部族に妻を強姦《ごうかん》させないため。あるいは、女性の性器は不純で醜《みにく》く、出産時に赤ん坊が悪魔のようなクリトリスに触れると、その赤ん坊は死んでしまうという説、小さなペニスのように見えるクリトリスはもっとも男性的な部分だけに、男たちに自らの生殖能力に不安を抱かせるおそれがあるため取り除かなくてはいけないという説、ばかばかしい説ならまだいくらでもある。男たちはただ、自分たちの権力を確かなものにしたいだけ。男たちによる絶対支配、それこそが唯一の、本当の理由なのだ。

私が切除された時代、村の伝統は今よりもっと重苦しく人々にのしかかっており、母親や祖母たちにとっては避けては通れない、やらざるをえないことだった。ソニンケ、セレール、プル、バンバラ、トゥクーラーの部族は移民たちだが、移民のどんな家族でもそうであるように、両親は子供たちが村を忘れないよう努め、伝統をそのまま伝えようとする。自分たちの生活をほかの村や町の暮らしと比較しようなどとは考えたこともない。そんな母親たちが望むのは、当然のように、娘たちも将来、同じ一族の血を引く従兄弟《いとこ》と結婚すること。そのためには、娘たちは伝統的な、ほんもののソニンケでなくてはならないのだ。

生まれたときには私も持っていた可憐《かれん》な花――。見たこともないその花は無残にも奪われ、決して咲くことはなくなった。大半のアフリカ女性が、ふつうの人生とはこういうものだと思っていた。ひとりの男の快楽に服従する女に変えられる。あとは男が、自分のために刈り取られた咲きかけの花を拾って、大輪の花になるのを待たずに早々に枯《か》れていくのを見るだけのことだ。

今でも頭のすみっこには無傷の自分がいる。祖母の家のマンゴーの木のしたに腰をおろし、思春期になって誰かを愛する日が来るのを待ちわびていた幸せな少女が。ふつうに育っていれば、きっと私にも愛する欲望があったはずだ。しかし、それは永遠に禁じられた。

第二章

いくつかの死と不吉な予感

あの忌《い》まわしい切除の日、もしフーレおばあちゃんが生きていれば、野蛮《やばん》な行為から私を救いだすことこそできなくても、そばにいてくれるだけで私には一番のなぐさめになったはずだ。フーレおばあちゃんがいないことが、本当に心細かった。痛みと屈辱《くつじょく》に耐えながらムシロに横たわっていた長い長い一週間のあいだ想っていたのは、突然この世を去ってしまったフーレおばあちゃんのことだった。青空のようなブルーに白い花模様のついた、たっぷりした長衣《ちょうい》をまとったおばあちゃん。速すぎず遅すぎもしない確固とした足取り。畑に行くときだけは、日が高くなるまえに出かけて太陽が燃え盛る正午までに戻らなくてはならないので、急ぎ足だった。私がせっかちなのは、あのころから畑に行くおばあちゃんのあとをついてまわっていたせいかもしれない。

市場に行くときは、香辛料、ピーナッツ・ペースト、オクラを乾燥させて粉にしたもの、それに紙切れや回収したセメントの袋などでいっぱいになったカゴを頭にのせ、夫を共有するふたりの妻を伴《ともな》い、私の手を引きながらゆったりと歩いていた。市場に着くと三人一列になって、それぞれビニールのクロスを掛けたテーブルの前に腰かける。あらかじめ予約してある場所に、正午ごろになると「デューティ」と呼ばれる市の役員がやってきて、売れても売れなくても、その日の税金を払うことになっていた。税率は大きなテーブルをのぞいては一律だった。それでも祖母たちの小さなテーブルでも二十五から五十C.F.A（アフリカ財政金融共同体）フランはした。

私は自分の小さな椅子《いす》に腰かけて三人の祖母のすることを見ていた。ときどき祖母たちが用を足したり、大漁で安くなっている魚を買いに行ったりするために席をはずすと、私は誇らしげに祖母の椅子に腰かけ、お客さんが来ると、値段を告げ、代金をもらい、ビニールのクロスのしたにすべりこませた。とはいえ、私がさわれるのはあらかじめ祖母が袋詰めしたものだけで、ピーナッツ・ペーストは、スプーンを使うことも何杯でいくらという計算もできないので別の祖母に頼んで売ってもらった。もちろんその代金は不在の祖母のために取っておく。こんなふうに祖母たちは伝統の一夫多妻の制度のもと、なんの問題もなく暮らしており、争う姿など一度も目にしたことがなかった。

正午近くになると、売れ残った袋詰めの商品をカゴに戻し、ビニールのクロスをていねいにたたみ、翌日また戻ってきたときのためにテーブルをさかさまにしておく。祖母たちがこうして市場に売りに行くのは香辛料が余分にあるときだけで、家族が栽培する目的は、なによりもまず家族みんながたっぷりと食べることにあった。

また、市場で売るのは香辛料やピーナッツ・ペーストだけで、アワや米が納屋《なや》から出ていくことは絶対になかった。売るものがなにもなくなることはあっても、私たちはいつもおなかいっぱい食べていられた。万が一、米やアワを入れた袋が空っぽになってしまったときには、同じ地区の女性たちが分けてくれた。プル族だろうがウォロフ族だろうが、イスラム教徒だろうがキリスト教徒だろうが、階級が違おうが、連帯感が弱まることは決してない。移民どうしのあいだでも、家族の絆《きずな》と同じように、女性たちが昔からしっかりと団結していることは、私たちの強みだ。そして、この土地の家族のなかで幼い子供は王様のように扱われる。両親や祖父母の老後を支えるために子供はたくさん必要なのだ。私たちの土地には公務員をのぞいて社会保障も定年退職も生活保護もない。ありとあらゆるものをリサイクルし、こまごまと商売をし、やりくりをして生きていく世界なのだ。

春のある日、フーレおばあちゃんは十一時ごろ市場から戻り、たらいいっぱいに水を汲《く》んで水浴びをし、金曜日のお祈りをしにモスクに出かけようとしていた。そのとき突然、私の目の前で倒れた。そばに誰もいなかったので、私は泣きながら助けを求めて走った。

「おじいちゃん！　おばあちゃんが倒れた！　早く来て！」

まだ七歳だった私にとって、二メートル近く身長のある祖父は巨人のようで、肉体的な力にはいつも圧倒されていた。その祖父が倒れている祖母を難なく抱えると、ベッドに連れていった。

「さあ、泣いていないで毛布を取っておくれ。そして、おばさんたちを呼びに行くんだ」

一族の女たちが駆《か》けつけ、私も祖母のそばに座った。祖母は私のために祈っていた。

「勇気を持ちつづけていられますように、神のご加護がありますように……」

はっきりしていた声が、しだいにささやくようにか細くなっていった。最初のうちは祖父も母たちも祖母は単に具合が悪くなったのだと考え、みんなで祖母を元気づけ、子供たちのことも安心させようとしていた。ところが私と一緒に祖母に育てられたふたりの従姉妹《いとこ》が枕元にやってきて、祖母が今度は三人のために祈りはじめると、その声はほとんど聞き取れないほど弱々しくなってしまった。

「私がいなくなっても、今までどおり、従順な心と敬意を忘れないように。いつまでも結びつきを大切に、家族が散り散りにならないように……」

かすれた声がとぎれとぎれになってきたかと思うと、祖母は半昏睡《こんすい》状態に陥《おちい》った。女たちが祖母の額《ひたい》を冷たい水で軽く叩《たた》いたり、脚をさすったりしていると親戚《しんせき》が次々とやってきて祖母を取り囲み、軟膏《なんこう》など祖母の苦しみをやわらげられるものをあれこれと用意した。

しかし、なにが原因で、なぜ突然こんな状態になったのだろう。祖母はまだ五十五歳の若さだった。

誰ひとりとして、ただちに祖母を病院に連れていこうとは考えなかった。セネガルでは、あのころはもちろんのこと、今でも病院で治療を受けるのは容易ではなく、しかも治療費がとても高い。祖父は地元で医師をしているおじを呼びにやらせたが、祖母の深刻な容体《ようだい》を伝えなかったために、おじが家にやってきたのは夕方になってからだった。

祖父に敬意を示しつつも、医師のおじは不満そうだった。

「今回は彼女を病院に連れていきます。あなたの言うことは聞きません」

祖父は具合が悪くなっても一度も病院に行ったことがなかった。生まれながらに人並以上の抵抗力を持ち合わせていたために他人の弱さには無頓着《むとんちゃく》で、それまで祖母に危険な兆候が表れていても気づかなかったのかもしれない。

病院に運ばれていく祖母に同行し、ずっと付き添っていたかったが、子供たちにその権利はなかった。病人の世話ができるのは夫を共有する妻だけなのだ。

祖母が目の前からいなくなって、私は途方に暮れてしまい、その晩は眠ることさえできないだろうと思った。

翌日の午後八時ごろ、タクシーから降りてきたふたりの祖母たちが叫んだ。

「フーレが死んだ！」

祖母の部屋の階段の前にいた私の耳に届いた叫び声は、今でも頭に残っている。生まれて初めて直面する死。赤ん坊のころから母親のように育ててくれたフーレおばあちゃんは、母親のことをよく知らなかった当時の私にとって、生きるお手本だった。

祖父はひとりで寝室に閉じこもり、長いこと祈りを捧げていた。そして部屋から出てくると、泣きじゃくっている女たちに向かって言った。

「泣いてもなんの役にも立たない。流した涙は熱い水となって自分の体にふりかかるだけだ。

泣いているより彼女のために祈ったほうがいい」

私にとっては初めて耳にする言葉だったが、これは涙に暮れる女たちを落ち着かせるための伝統的な格言だった。

胸にぽっかりと穴があいたようだった。不平等という感覚を味わったのは、このときが初めてだった。なぜフーレおばあちゃんが？　なぜ死ななきゃいけないの？　フーレおばあちゃんに育てられた私を含む三人の女の子が人生の盾《たて》を失って絶望に暮れているのを見て、ほかの祖母たちは必死になぐさめようとしてくれたが、どんななぐさめの言葉も私たちの涙は止められなかった。

祖母が倒れたのは金曜日だったが、早急に埋葬《まいそう》をするため、日曜日には遺体が自宅に戻された。

一九六〇年代には、まだ電話は普及しておらず、祖母の死を一族に知らせるためにはリストを作り、ラジオで放送してもらうよう国営放送局に届けなくてはならなかった。セネガルでは現在でも、こうした告知がラジオでよく流される。大臣でも会社の社長でも貧しい農民でも、この世を去るときの重みはみな同じだ。多数におよぶ親戚《しんせき》一同のみなに、この不幸を知らせなくてはならない。

　こうした公式発表ならそれまでにも何度も耳にしていたけれど、とくに気にもとめずにいた。祖父の家の近くのモスクまで続く葬列を見たこともあったが、六、七歳では死というのは、あくまでも他人事《ひとごと》で、現実感を伴《ともな》わないものだ。

　ところが今度は、自分の祖母の名前がラジオの電波に乗って鳴り響いているのだ。祖母が神に召《め》されたとラジオで告げられるのを聞いたのは、春の暗い日曜の正午だった。もう二度と、おばあちゃんとは一緒に畑に行けない。おんぶをしてもらうこともできない。畑には五、六歳になったころから連れていってもらうようになったが、祖父のロバの背に乗っていくこともあれば、祖母の背中におんぶされて行くこともあった。自分専用の、ダバという小さな道具を持っていた私は、畑にいるときは土を軽く耕したり、ピーナッツのまわりにくっついている雑草を取ったりしたが、木のしたに横になりに行くことも多かった。ひとつの畑にはパンヤノキ、もうひとつの畑にはアカシア、別の畑にはバオバブと同じくらい大きく、いつも青々とした葉をつけ、苦くてとても食べられない実をつけるニームという木があった。この葉っぱは疲れたり熱が出たりしたときに煎《せん》じてマッサージに使う。私は畑を走りまわり、疲れるとこうした木のしたでひと休みし、五分くらい畑を耕すと甘えた声を出した。

「ああ、おばあちゃん、疲れちゃった……」

しばらく前にも祖母は私をおんぶしてくれた。祖父が祖母に言った。

「おんぶなんかして、どうかしてるぞ。この子はもう七歳なんだぞ」

ある日、家の前で自転車に轢《ひ》かれそうになったときには、ほとんど一日じゅう、私は祖母におんぶされていたが、これにはみんなが笑っていた。祖父さえも。

「明日、背中が痛くなっても、文句を言うなよ」

葬儀の日、遺体を担架《たんか》に乗せてモスクへ運ぶために、女たちが祖母の体に七メートルもある白い布をまとわせているあいだ、男たちはうしろに立って祈りを捧げていた。墓地に運ぶときには、家族が用意した腰巻や手作りの礼装用の生地をさらに重ね、遺体を土に埋めるときに腰巻ははずした。

祖父が墓の砂を少し手に取り、ひとりの女性が祖母に育てられた私たち三人に向かって言った。

「この砂を三人で分けなさい。そして水を汲《く》んだ桶《おけ》に入れて、その水で体を流すのよ」

こうして水を浴びたあと、私たち三人は、墓地へ運ばれるあいだ祖母の体をまとっていた腰巻を身につけた。あとになって聞いたことだが、これは、大切な人を失った悲しみをやわらげ、悪夢にうなされることなく、故人を忘れないようにするための習慣だという。

コンゴに住んでいる祖母の姉は葬式に間に合わず、数日してからやってきた。アフリカでは親族の到着を待ったりせずに、遺体はできるだけ早く埋葬《まいそう》するのがふつうだ。祖父はその点については厳格で、遺体を何日も家に置いて、費用のかかる葬儀を仰々《ぎょうぎょう》しく行う家族を見るたびに、「家族の一員を失って、財産まで失う」と批判していた。

フーレおばあちゃんに育てられた私を含む三人の教育は、姉妹であるこのおばが引き継ぎ、完了する習わしになっており、何週間か後には、おばのふたりの娘と一緒に私たち三人も、ソニンケ族の村に連れていかれることになっていた。しかし、私は祖母が亡くなってから通りの反対側にある自分の母親の家に駆《か》けこむことが多くなり、母のもとを離れがたくなっていた。それに、大好きな祖父のそばから遠く離れるのは寂しすぎた。母はもちろんのこと、仕事で家を空けることが多いとはいえ、娘に甘い父も私を遠くへはやりたくなかったようだ。とはいえ娘を預けるつもりのないことを正面切っては言えない両親は、あたりさわりのないよう学校を言い訳にした。すでに九月の入学に向けて小学校の登録を済ませてしまったので、次の休みのときにおばのところに預けるということで了解してもらったのだ。

自分が読み書きを知らずに苦労した母は、男の子であれ女の子であれ教育については執拗《しつよう》なまでにこだわり、生活を切り詰めてでも、私たちに教科書や文房具で不自由な思いをさせないようにしてくれた。そんな教育熱心な母のおかげで、ティエスから八百キロも離れたセネガル川沿いの、学校もなく、ふたりの従姉妹《いとこ》を除いては友達もいない村に行かずにすんだ。心の底で、私はこの土地に残れるのを大喜びしていた。

私は向こうに行くのが怖《こわ》かった。両親と一緒に家族の輪のなかに留まっていたかった。フーレおばあちゃんは逝《い》ってしまったけれど、母方の祖母がまだいたし、それに、私は祖父も大好きだった。

祖父にキャンディを買うお金をねだりに行くと、「一個だけだぞ。ほら、お行き。キャンディを買うことしか頭にない困った子だ。どうやってお金を稼ぐのか知ってるのか？　もうじき食事の時間だ。今、キャンディなんか食べたら、昼になにも食べられないだろう」と、あれこれ言いつつも、断りはしなかった。「ちょっと待て。あとにするか、明日にするんだぞ」そう言いながら、私にお金をくれた。

硬貨を手にするや、私は家を飛びだし、商店に、あるいはおばたちの家に走った。おばたちの家には、甘いドーナッツや、魚や肉を詰めた小さなドーナッツ、パステルなど、日によってなにかしら買えるものがあった。キャンディやドーナッツを買うと、私は祖母の部屋に隠れてほおばった。幼い子供たちと一緒のときは、石でキャンディを叩いて、かけらを分けてあげた。五サンチームでキャンディが一、二個買えた。果物の季節になると、マンゴーがひとつかふたつ。オレンジは皮をむいてさくごとに分けられたが、マンゴーは水で洗ってから、順々にひと口ずつ皮ごとかじっていく。

「あ、ちょっと、今のひと口、大きかったんじゃない」

種が出てきても、果実が完全になくなるまでかじり、種だけになってもなめていた。それを見ていた祖母に、うなじを叩《たた》かれたのを覚えている。

「もういいかげんにして、種を捨てなさい。さあ、口をゆすいで手を洗うのよ」

私の椅子《いす》はここ、この家の中にあった。この家族の輪のなかの象徴的な場所。祖母は愛情たっぷりに私の生活を管理してくれた。私にはとても大事なことだった。祖母は毎日、私の体を洗い、自分の好みで服を着せ、髪を結ってくれた。髪をせっけんで洗うときには、いったん三つ編みをほどき、洗ったあとはくしでていねいにとかし、また三つ編みにするのだけれど、この三つ編みを結いなおすのに午後じゅうかかることもあった。祖母がいつもこまごまと面倒を見てくれていたおかげで、私はいつでも清潔で、きちんとした身なりをしていられた。三人の女の子が祖母とともに暮らした大きな部屋は、いつもすべてがきちんと片づいていた。ベッドが二台と手製のラフィアヤシのマットレス。私が祖母の隣に寝て、従姉妹《いとこ》ふたりはもうひとつのベッドに並んで寝ていた。

朝は祖母の声が目覚まし時計のかわりだった。

「さあ、口をゆすいでらっしゃい。おはようを言うのは口をゆすいでからよ!」

祖母のしつけは厳しく、この家では清潔にしていることと、他者への敬意を抱くことがなにより大事とされていた。

幸せに満ちたフーレおばあちゃんの家での暮らしは、これで終わりになってしまった。

祖母が亡くなってからは祖父の家で過ごしていたが、ほんの短い期間だった。祖母の死から二、三か月経ったころ、未来に警告を発する出来事が起きたのだ。

長女の姉の結婚だ。姉はまだ思春期で学校に通っており、姉が結婚を申しこまれた日は、たしか試験結果を知るために学校に行った日だったはずだ。姉は良い成績で試験をパスし、ご機《き》嫌《げん》で家に戻ってくるなり結婚を命じられたのだ。父母のおかげで私たち八人兄弟姉妹はみな学校に通わせてもらっていたが、大学入学資格試験を受けられるのは男の子だけで、女の子の教育はどんなに長くても高校の修了証書をもらうまで。その時点で両親はあわてて娘を嫁に出す。勉強を続けたい気持ちの強い姉にとって、早すぎる結婚など論外だった。姉は激しく抗議した。だが、私たちは幼いころから良き妻になるための教育を受けて育つ。女は早く起き、遅くまで働いて床《とこ》につく。料理を覚え、若い母親の手伝いをし、家の長老に従う。長老である祖父はとてもオープンでやさしく、子供たちからも愛されていたが、いったん重要な命令事となれば、みなが黙って彼に従った。

その祖父が姉を呼んだ。

「手紙を書きに来てくれ！」

まじめな話があるときに、祖父がよく使う手だった。

祖父の家族はフランスにいて代筆の仕事をしていた。母も母の両親も読み書きはできなかったが、父はコーランを読んで暗記しているほど敬虔《けいけん》で寛大な信者だった。

姉が本当に手紙を書くためだと思って祖父の部屋に入っていくと、すでにお仕置きをするための道具、綱《つな》が用意してあった。なぜ、この男と結婚したくないのか？　拒否するなど許されないぞ！　そして容赦《ようしゃ》なく叩《たた》いた。それでも姉は、いやです、いやです、と言いつづけた。日常の単なるお仕置きは女性にまかせているが、家族にとっての重大な決定事項となると祖父のひと言は絶対で、それに逆らうものは祖父自身の手で罰《ばっ》せられた。必死の抵抗もむなしく、姉は愛してもいない見知らぬその男と結婚するしかなかった。

結局、この結婚は二年しか続かなかったが、そのあいだに女の子がひとり生まれた。公務員の夫は姉よりだいぶ年上で、すでに結婚している別の女性とのあいだに子供も何人かいた。あの時代、姉が結婚すると妹のひとりが手伝いをするため付き添うのが決まりだったので、私が姉についてダカールに行き、新居となる家でしばらく過ごした。公務員のアパートは中庭もなければ日陰《ひかげ》で休むマンゴーの木もなく、私は狭い空間に閉じこめられているような気分になった。しかも一番目の妻は姉に対して、とても意地が悪かった。しかし条件がどうであれ、祖父や両親にしてみれば、相手が同じソニンケの血を引いているかどうかという点が重要なのだった。

数年の時が過ぎ、父が異動になったため鉄道会社のティエスの社宅に引っ越しをし、それに伴《ともな》い、私たちは父の二番目の夫人とともに暮らすことになった。社宅とはいえ、コロニアル様式の立派な家だった。母は二番目の妻のことがあまり好きではなかったが、母の穏《おだ》やかな性格のおかげでけんかになったりすることはなかった。鉄道の事務所も駅も近くなり、おかげで父は家にいる時間が増えて私たちともよく遊んでくれた。

楽しい時間を過ごすうちに、フーレおばあちゃんの悲しい死も、忌《い》まわしい切除の日の記憶も過去のことに感じられるようになっていった。ただ、母は幸せそうには見えなかった。仲良くなれない別の妻と一緒に暮らすのはつらいことだったろう。一夫多妻の暮らしがいかに大変かというのを、私はこの時期にぼんやりながらも理解したような気がする。母にしても二番目の妻にしても、父をひとりじめして、自分だけの夫にしたい気持ちは同じだったろう。友達どうしのグループのような調和を保ち、仲良く暮らしていた祖母たちの生活は、母にも私にもあまり参考にはならなかった。

ある日、当時十歳だった妹がおなかが痛いと言いだした。腹痛はなかなか治らないどころか日に日に悪化し、ついに三日目に父が大急ぎで医者のところに連れていった。病院はすぐ近くにあり、父が公務員ということもあって問題なく受け入れてもらえた。

市場に行っていた母はカゴを置くなり、血相《けっそう》を変えて聞いた。

「妹はどこにいるの?」

「父さんたちが病院へ連れていった」

母が大急ぎで病院に向かうと、妹はすでにダカールの大きな病院に運ばれており、それから二日もしないうちに原因もわからぬまま死んでしまった。私は悲しみで胸がつぶれそうだった。幼い子供がこんなふうに簡単に死んでしまうなんて、そんな酷《こく》な話があるだろうか。謎《なぞ》の風邪？　風邪でおなかが痛くなって一週間もしないうちに死んでしまうの？　なぜ？　なにが起こったの？　おとなはなにも教えてくれなかった。いつでもそうだ。悲しいことが起きても、誰も、なにも話してくれない。病院の医師たちはもちろんのこと、おとなは知っていたはずだ。大切な家族が命を落としたというのに、その理由さえわからないなんて、ひどすぎる。あってはならない死だった。私は妹が死んでしまったことで、みんなを恨《うら》んだ。

大きなコロニアル風の家で、私は妹とふたりでよく遊んだ。二番目の妻にも子供はいたけれど、母との仲があまりよくなかったので、自然と子供たちも別れて遊ぶようになっていたのだ。日暮れどき、お祈りを済ませると私たちは笑いころげながら外に飛びだした。でも、もう快活な笑い声は聞こえない。妹が死んでしまってから、私はいつもひとりぼっちになり、少しずつ自分の殻《から》に閉じこもるようになっていった。

しばらくして父がまたダカールに配属になったため、美しいコロニアル風の家を離れることになり、私たちは祖父が近くに住む母の家族の家に戻って生活を始めた。

中学への入学が近づいていた。

小学校の低学年のときは、私は頭のなかがいつも混乱していて授業もあまりよく理解できなかった。そもそも、七歳でフランス語を習いはじめるのは少し厳しい。担任も、こわい女の先生だった。名前は忘れてしまったが、顔や服装はよく覚えている。でっぷりとした体に長衣《ちょうい》をまとい、セネガル女性の典型という感じだった。卑劣《ひれつ》とは言わないが、とても意地悪だった。生徒が授業の内容を理解できないと、お仕置きをするために、親指と人差し指の爪を立てて血が出るまで耳を引っ張った。その先生は決して笑顔を見せなかった。教育に厳格に取り組むあまり、子供たちを萎縮《いしゅく》させてしまっていた。月曜の朝、女の子がぼさぼさの髪で学校に行くと、「家に帰って三つ編みを結ってから出直してきなさい」と叱《しか》りつけた。髪をたらしていたりすると、きれいに梳《と》かしてあっても、この先生には通用しなかった。女の子は三つ編みをしていないと、正しい女子と認められないのだった。

一九六八年。私たちの通う小学校の向かいにあった高校でストライキや暴動、生徒と警察官のあいだの小競《こぜ》り合いが起こった。生徒たちが投げつける石は小学校まで飛んできた。私は窓を割って飛んできた石にあたって血を流したのを覚えている。地面に倒れこんだ警官が生徒たちにぽかぽか殴られるのも見た。これは革命だった。高校生はいたるところを走りまわり、スローガンを叫び、石を投げていた。いったいなにを要求しているのか、なにが起こっているのか当時の私にはわからなかったが、これがヨーロッパでは、一九六八年の五月革命だったのだ。

小学校の三、四年で担任が変わり、私を気にかけてくれる先生と出会ってからは授業にもまじめに打ちこむようになった。小学校の最終学年を二年繰り返し、徹底的に勉強した。その先生は中学に入ってからも担任だった。先生の数が足りないために、先生は中学でも教えていたのだ。おてんばで、しょっちゅう男の子とけんかをしていた私に、「きみはれっきとした女の子で、女の子は男の子とけんかなどするものではない」と諭《さと》してくれたのも、この先生だった。けんかの原因は男の子たちのいやがらせで、とくに一味のひとりは私に『ゆすり』をしようとしていた。

「それ、よこせよ！」

私が譲《ゆず》ろうとしないと、パン、ドーナッツ、果物、なにもかもが標的になった。それでも譲りたくない私は、手を出すより言葉で攻撃した。この時期、けんかは日常茶飯事《さはんじ》で、母からは「授業でも同じくらい口が達者ならよかったんだけどねえ」と皮肉を言われていた。

ある日、ゆすりのすえに、その少年が言った。

「今日、学校が終わったら、殺してやるからな！」

「あっそう、やれるものならやってみなさいよ！」

私は内心びくびくしていたものの、表情ひとつ変えずに言った。怖《こわ》がっていると思われたら最後、徹底的にやられてしまう。なにを言われても平気な顔をしていなければいけない。そして、なぜそんなエネルギーと決断が生まれたのか自分でもよくわからないのだけれど、これを最後に、しかも勝者となってけんかは終わりにしようと心に決めた。

同級生とはいえ、その少年は私よりずっとたくましく、しかも年上だった。決定的に敵を追い払える策を講《こう》じなくてはと思い、考えたすえに、香辛料を使うことにした。家には、米や緑のマンゴーに味付けするために香辛料を調合したものがいつも置いてあった。もし少年がしつこく襲いかかってきて逃げ道がなくなったら、これを顔に投げつけてやればいい。

午後四時半、校門の横で少年の仲間が待ち伏せしていた。

「今日こそ、あいつがおまえのことをやっつけてやるって言ってるぞ。おまえを殺すつもりだからな、わかったか」

枯れ葉のように体は震えていても、逃げるわけにはいかない。私の味方の女の子たちも同じくらい震えている。母が言うように口は達者でも、取っ組み合いになったら簡単にやられてしまうだろう。

少年はボクサー気取りで私のまわりをぴょんぴょん飛びはねながら、こぶしで脅《おど》してくる。私は両手を背中にまわしたまま、黙って少年をにらみつけていた。少年はあいかわらずボクシングの真似事を続けながら汚い言葉を浴びせてきたが、私は平静をよそおって、ののしりの言葉に対する返事としてこう言った。

「あんたも男なら、飛びまわってばかりいないで、もっと近づいてきたらどう?」

そしてすぐさま手に握りしめていた箱のふたを開け、少年の顔めがけて中身をぶちまけた。

幸い、目にはほんの少ししか入らなかったが、それでも香辛料の効果はてきめんだった。少年が叫びだすと、近所の女性がなにごとかと家から飛びだしてきて、私のことをやさしく叱《しか》りながら少年の目をすすぎ、少年の一味を呼びつけて言った。

「女の子にいやがらせばっかりしてるから、こんな目にあうんだよ。少しは放っておけないのかね。いいかい、この女の子たちは将来、あんたたちの子供の母親になるかもしれないんだよ。学校の帰り道に、未来の妻になるかもしれない女の子たちにいやがらせするなんて、どうかしてるよ。敬意を払わなくちゃだめでしょう。女の子たちから敬意を抱いてもらえないような男は、一生、妻なんかもらえないからね」

女性が男の子の集団をつかまえてお説教するのを見たのは、このときが初めてだった。しかも、女の子に敬意を払えと言っていた。しかし鼻高々の私に向かって、怒りに燃えている少年は謝るどころか、こう言ってのけた。

「どっちにしたって、明日こそ殺してやるからな、覚悟しとけよ」

「どうぞご自由に。私はもうこれで終わりにするから」

落ち着きはらってそうは言ったものの、万が一のことを考えて担任の耳に入れておこうと話しに行くと、少年の両親にも知らせておきなさいと忠告された。

「今度、あの少年がきみに手を出そうとしたら、教師のぼくが彼を罰《ばっ》する。彼の両親にも罰してもらう」

学校から直接、その少年の家に寄ると、母親が出てきて言った。

「話しに来てくれてありがとう。あの子にはお仕置きをしておくからもう大丈夫よ。心配しないで」

翌日、学校で顔を合わせるなり、その少年が食ってかかってきた。

「両親に言いつけに来るなんて、おまえ、本当に臆病者《おくびょうもの》だな、嘘《うそ》つき！」

「私が殴られるまま、なにも言わずにいるとでも思ったの？」

どこの両親もほかの子供の両親と問題を起こすのを好まない。少年の両親に話しに行って正解だった。香辛料はもちろんのこと、お説教やお仕置きにも効果があり、このけんかを最後に少年はおとなしくなり、不思議なことに私たちは仲良しになった。よく話をするようになり、授業でわからないことがあると、その子に教えてもらうようになった。

十一、二歳になると、大好きな教師やその少年のおかげで私は少しずつ、行儀の良い、賢い生徒になっていった。さらに、演劇のサークルに加わったことで、精神的にも成長できたと思う。『母親のいるクンバと、母親のいないクンバ』というアフリカの劇を演じるため、毎日、学校が終わると稽古《けいこ》に通った。サークルには同じ地区の女の子や男の子も数人いて、演技指導をしてくれたのは、当時、とても仲良くしていた女の子の父親だった。

私はふたつの役をかわるがわる演じ、別の劇にも参加し、太鼓《たいこ》と踊りとともにアラブ民謡《みんよう》も歌った。楽しくてしかたなかった。演劇のおかげで私たちには目的が生まれ、情熱を注げる大切な場を持てるようになったのだ。アフリカ版シンデレラのような内容の劇を何か月もかけてリハーサルしながら、観客の前で演じる日をみんなが待ちわびていた。まずはティエスの町の劇場で、最後はモーリタニアにまで行くことになっていた。しかし、母の入院のために、私は参加をあきらめざるをえなくなった。

ちょうど十三歳になったころ、母が妊娠した。出産予定日が迫るにつれ、私が母にかわって食事の支度《したく》などの家事をするようになっていたが、いつも私はすべきことを大急ぎで終えると、家を飛びだして友達と合流していた。その日も出かけようとすると、母に止められた。

「今夜はお願いだから出かけないで。母さん、調子が悪いのよ」

ところが外からタムタムの音が聞こえてくると私はがまんできなくなり、友達と一緒にミュージシャンたちを見るため家を抜けだした。日が沈んでから家に戻ると、疲れきった様子の母が言った。

「出かけないでって言ったでしょ。あなたを待っていたのになかなか帰らないから、母さんが食事の世話をしなきゃならなかったのよ」

そしてそのあとすぐ、母はモスクでお祈りをしている最中にめまいに襲われ倒れてしまった。

友達が遊びに来たので玄関の前でおしゃべりをしていた私の目の前を、救急車がすさまじい勢いで走り抜けていったときも、まさか母が乗っているとは思いもしなかった。母はダカールの病院にかつぎこまれたが、救命救急センターに到着したときには大量の出血をしており、命をつなぎとめるには緊急の手術が必要だった。赤ん坊の命はずっと以前からおなかのなかで絶えていたという。母はそれから四か月間入院していたが、見舞いに行く権利があるのは父だけ。私は自分のせいではないとはいえ、母から出かけないでくれと言われていたのに出かけてしまったことで重苦しい責任を感じていた。その気持ちをさらに逆なでするように姉は私を非難し、向かいの友達に会いに行こうとするたびに説教した。

「まだ、お皿を洗ってないでしょ。中庭は掃除《そうじ》したの？　これを片づけておいてよ。あれをして、これをして……」

そっと姿を消しても、二分後には姉がつかまえにくる。演劇のことを話していたのだと言うと、必ずこう言い返された。

「ちょっとは考えたらどうなの？　母親が入院してるっていうのに、よくお芝居《しばい》なんかにうつつを抜かしてられるわね？」

病院への到着が十五分遅れていたら母の命はなかったと言われたときには、罪の意識で胸が張り裂《さ》けそうになった。それでも病院にお見舞いに行くこともできず、私はただただ、母さんが助かりますように、元気になりますようにと毎日、心のなかで祈るしかなかった。そして祈りが通じたのだろう、母がすっかり元気になって家に帰ってきた。

中学にあがるのを楽しみにしていたとき、フランスから一通の手紙が届いた。悪い知らせ。十三歳と六か月で直面することになるなど、まったく考えていなかった、見知らぬ従兄弟《いとこ》からの、結婚の申しこみだった。

第三章

十三歳での結婚

姉に二度目の結婚の申しこみが来た。愛していない男と二年ほど結婚生活を続けたのち、離婚をして子供を連れて家に戻った姉は、私たちと一緒に暮らしていた。姉は拒否した。一度離婚した女性には拒否する権利があるのだ。姉は母やおばたちに、こんな話をしていた。

「その従兄弟《いとこ》なら、前にダカールで最初の妻といるのを見たことがあるわ。フランスに住んでいる従兄弟よ。私がいやだと言ったら、父さんもそれ以上はしつこく言わなかったわ」

父も、離婚した女性には自分の意思で選ぶ自由があるのをよく心得ていたのだ。本人が望まない相手を押しつける権利はない。それに反して私は……。

「キャディ、おまえと結婚したがっている従兄弟がフランスにいる。この話を受けるか？」

祖母とともに呼ばれて父の部屋に入るなり、私に向かって父が言った。不思議なことに私は顔色ひとつ変えなかった。この日のことは今でもどこか非現実的なこととして記憶に残っているが、おそらく、自分の身になにが起ころうとしているのか、自分自身まったくわかっていなかったからだろう。いずれにしても女の子は口答えすることなど思いつかないように教育されている。父親が娘に同意を求めるのは、あくまでも形式上のこと。敬虔《けいけん》なイスラム教徒である父は、問いかけるべき、というコーランの教えに従っただけで、もともと返事など期待していない。

「たとえそこが蛇《へび》の穴だとしても、あなたが押せば、この子は穴に入っていくでしょう」

黙っている私のかわりにソニンケのことわざを引いて返事をしたのは、祖母だった。

「よし、了解した」

この土地では女の子も学校に通い、私にとっては演劇だったが学校以外の活動に参加することも許されている。それでも当時の女子教育の根底には、将来、妻となり夫に服従して生きていくためのしつけ、という歴然とした目的があった。そして、その夫というのは当然のことながら両親が選ぶ『従兄弟』を指した。フランスなど遠方に暮らす男性でも故郷で妻を探すのが慣例で、嫁探しは父親の兄弟、つまりおじに依頼することが多い。こうして選ばれた嫁が私で、父は父親としての義務を果たし、必要な手続きを踏んだのだ。

万が一、私が抵抗していたとしたら、一族のあいだで大問題となり、話し合いが開かれ、この結婚はなしになっていたのだろうか。想像すらできないが、いずれにしても私はあえて口を開かなかった。かつて結婚に抵抗した姉が祖父に叩《たた》かれていた姿を覚えていたからかもしれない。イエスと言おうがノーと言おうが同じこと、これこそが私たちの運命なのだ。

それでも、私も、どんな女の子でも夢見るように、いつか誰かに見初《みそ》められ、映画や食事に誘われ、お互いの愛を深めていくような関係を手に入れたいという夢は漠然《ばくぜん》と持っていた。それに、姉がすでに強制結婚の犠牲《ぎせい》となり、見ず知らずの男との二年間におよぶ生活は最終的に姉が虐待《ぎゃくたい》を受けるというひどい結果に終わっていたこともあって、私は見知らぬ相手が未来の夫になることなどまったく望んでいなかった。しかし姉の失敗にもかかわらず、周囲の女性たちは口をそろえて「結婚すれば、そのうち相手を愛するようになるから」と呪文《じゅもん》のように繰り返すのだった。

私もほかの女の子たちと同じように、男の子を異性として意識しはじめていた。「誰と目が合った」とか、「誰ちゃんの家で誰と会って、挨拶《あいさつ》した」とか、そんな程度ではあったが、学校や演劇のサークルで会う男の子たちのことが気になっていた。

一方、両親は娘が初潮《しょちょう》を迎え、胸のふくらみが目立ちはじめると、結婚の準備が整ったと考え、結婚前に妊娠するようなことがあってはならないと、できるだけ早く結婚させようとする。本来、少女から若い娘へと移行していく思春期は、肉体的にも精神的にも非常に大切な時期であるというのに、両親はそのことに無頓着《むとんちゃく》だった。たったの十三歳で結婚を命じられた私自身も、なんの特別な感情も抱かずに父の部屋を出ていた。そしてなにごともなかったかのようにそのまま母と姉のいるキッチンに向かい、その日やるべきこと、つまり部屋じゅうの掃《は》き掃除《そうじ》をし、父から言われたことについてはあえて考えようとしなかった。深く考えるようになったのは、物事が現実味を帯びてきてからだ。

今になって思うと、どんなに幼かったとはいえ、なぜこの日、私はなにも考えなかったのだろうと不思議でならない。せめて、スキャンダラスだけれど見事な快挙をやってのけた従姉妹《いとこ》の武勇伝を思いだしてもよかったはずだ。その従姉妹の姉は、ある男性に申しこまれた結婚を大胆にも断って家を飛びだしてしまうが、両親はその結婚をどうしてもあきらめきれず、姉のかわりに妹を嫁《とつ》がせようとした。妹も好きな男性がいたこともあり抵抗したのだが、両親の強引な説得で強制的に結婚させられてしまった。しかし、婚礼の晩、慣例どおり、この結婚を成就《じょうじゅ》させるため婚姻《こんいん》の間《ま》に閉じこめられると、彼女はひとりになる時間を待って、夫が処女を奪いにやってくる前に窓からこっそり逃げだしたのだ。

この話なら一から十まで知っていたというのに、父から結婚を言い渡されたとき、思いだすどころか、頭に警告のサイレンさえ鳴らなかった。しかも私の場合もその従姉妹《いとこ》と同じで、姉に断られたので間に合わせとして選ばれ、両親のほうから妹ではどうかと提案したのではないだろうか。そんな疑いが頭をかすめたというのに、それでも私は抵抗しなかった。

しかし、それも無理はない。というのも、「両親が決めた相手を拒否した娘は、決まってひどい夫にぶちあたる」というのが口癖《くちぐせ》の母親たちにとって、この従姉妹の例は快挙どころか、悪い手本として娘たちに聞かせる話だったのだから。それになにより、もし私が抵抗すれば、母のしつけが悪いと言って母がみんなから非難されることになる。私は一度、母に悪いことをしたという罪の意識もあり、自分のせいで母が苦しむ姿は二度と見たくなかった。

父との「面談」から数日後、父は兄弟の承諾《しょうだく》を取りつけてからフランスにいる遠縁《とおえん》の従兄弟《いとこ》に返事を送った。長老制においては、父ひとりでは決定できないのと、万が一、夫としてよりふさわしい従兄弟が村にいる場合は、フランスにいる従兄弟と交渉することになる。しかし、私の結婚話に異論を唱える者は誰もおらず、これで遠方の従兄弟はフィアンセを獲得したことになった。

母方の祖母や母たちは、結婚の準備という大仕事を前に喜び勇んでいた。女性たちにとっては重大な仕事だが、男たちは当事者ぬきでモスクでこの婚約を祝い、披露宴《ひろうえん》の準備などには関わらない。

数週間が過ぎたころ、一族の習慣に従って、ダカールからメッセンジャーが手紙を届けにやってきた。その手紙には受け取った返事に対する満足の気持ちと、婚姻《こんいん》のための準備金をメッセンジャーに託《たく》してある旨《むね》が記されていた。いよいよ、事が本格的に動きはじめた。だが、母親たちが寝室に集まってなにやら話しこむことが多くなっても、私にはなにも知らされない。わかっているのは、仲介人《ちゅうかいにん》を務めるメッセンジャーは快く迎えられ、話し合いが始まったということだけだ。メッセンジャーは未来のふたつの家族をつなぐための仕事を専門にしている。仲介人なしに事が進められることはきわめてまれで、そんなことをすれば一族全員から白い目で見られる。持参金についての相談に乗り、それを運ぶのも彼の役目だ。すべて交渉しだいだが、一般的には迅速《じんそく》に進められる。とくに私の場合は両者の合意のうえでの結婚であり、相手の従兄弟が父の直系の甥《おい》ということもあって、交渉が長引くこともなく、この結婚話は成立した。

ある晴れた日、家から徒歩で十分ほどのところにある集合水道から、水がなみなみと入ったたらいを頭にのせ、友達と冗談を言いながら道を歩いていると、家の前にダカールに住むおじたちの姿があった。私は単純に親戚《しんせき》が集まるのが嬉しくて、なんの疑いも持たずに再び水を汲《く》みに水道に向かった。あの時代、地区にひとつはあった集合水道は、列を作って順番を待つあいだ、ふざけて笑い合ったりして楽しい時間を過ごせる女の子たちの集会の場だった。ざらざらした綱《つな》で手をすりむきながら井戸の水を汲んでいたころに比べれば水の味は落ちたものの、作業はずっと楽になっていた。

三回目の往復のとき、父が私をつかまえて、「水汲みはもういいから、汗を流して着替えるように」と言った。おじたちの姿を見かけていたので、みんなが集まるものと思いこんでいた私はなんの疑問も抱かず、そもそもふだんから理由を尋《たず》ねることは禁じられていたので、このときもたらいを片づけて父の言うとおりにした。シャワーを浴びて、ふつうの格好に着替えて部屋を出ようとすると、扉《とびら》の前にぬっと姿を現した母方の祖母に止められた。

「そこに腰かけていなさい。動いちゃいけないよ！」

それだけ言うと、祖母は私を置いて行ってしまった。

動いちゃいけないよ、というその言い方に、私はただならぬ空気を感じた。午後の五時、父をはじめとする一族の男たちが祈りを捧げるためにモスクに行っているあいだ、突然、姉の友達が部屋に駆《か》けこんできたかと思うと、私の頭にげんこつを一発食らわせて出ていった。

男たちが当事者ぬきで婚姻《こんいん》の儀式を行っているあいだ、花嫁と同年代の独身の女の子たちは大急ぎで花嫁となる女の子のもとに走る。一番に花嫁にげんこつを食らわせた女の子が次に結婚できるという言い伝えがあるからだ。アメリカ映画では花嫁が投げたブーケに女の子たちは群がるが、ここでは頭に見舞うげんこつなのだ。

このげんこつで私はすべてを理解した。もうおしまい。おじたちがぞろぞろと集まってきたのは、モスクで私を結婚させるためだったのだ。げんこつがそのなによりの証拠だった。

私は口を開くことも、身動きすることもできず、結婚したのだという事実にただ茫然《ぼうぜん》としながらベッドに腰かけていた。しばらくすると、モスクから戻った男たちが次々と部屋にやってきて、この結婚の申し出を受けたのは家族の名誉であり、この結婚が永遠に続き、ふたりが子宝に恵まれ、幸福な家庭を築き、いかなる悪事も避けて通れますように、神のご加護がありますようにと、口々に祈っては出ていった。

祈りとはいっても、ただの習慣から同じ言葉を発しているだけで、私に対する思いやりやさしさは微塵《みじん》も感じられなかった。

男たちに続いて、姉妹や従姉妹《いとこ》たちもお祝いを言いにやってきたが、私は抵抗も反発もせず、笑顔こそ見せなかったが、しつけのよく行き届いた娘のように振る舞っていた。

しばらくすると男たちがモスクから持ち帰った苦い味のコーラの実（アフリカ産アオギリ科の食物でコーラ飲料の原料となる）を、わずかなお金と一緒に母親やおばたちに分け与えた。金銭と同様コーラの実も、モスクで結婚が成立したことを意味している。準備に時間のかかる正式な披露宴《ひろうえん》はあとまわしで、まずはモスクでの儀式が男たちだけで執《と》り行われるのがこの土地の習わしなのだ。一方が「誰それのために、お宅の娘を嫁にほしい」と言うと、もう一方が「これこれの条件でその申し出に応じよう」と答える。条件は、あらかじめ交渉により受諾《じゅだく》されているものだ。

モスクでの結婚は、登録も文書もなく、口頭の言葉だけで成立する。いずれにしても、当時セネガルの法律は宗教には介入してこなかったので、男たちは好きなようにできた。行政を通す必要があるのは身分証書の作成のときだけで、現在でも多くのアフリカ人が、なんの正式な書類も持たず、女性は結婚しても両親の苗字《みょうじ》を名乗っている場合が多い。離婚をする場合も、結婚のときと同じように、男たちの言葉によってのみ認められる。夫は少なくとも三人の証人を集め、終わった、終わった、終わった、と三回繰り返す。一見簡単そうだが、夫が妻を手放すことに同意しないかぎり離婚は成り立たず、終わった、と口にするのを夫が拒否した場合は、それぞれの両親を説得して、「この結婚を成立させたのは我々で、我々が解消させる」と宣言してもらわなくてはならない。

当人がいっさい関わることのないこの伝統的な結婚では、他人の目にはどうであれ、自分が結婚して妻になったという事実をなかなか実感できない場合が多いが、妻となったところで夫を見たこともないのだから、当然だ。しかも、私はそれまでと変わらない生活を続けていたせいもあって、女の子の友達と一緒にいると自分が結婚したことなどすっかり忘れてしまった。

しかし、母や、誰より祖母たちが監視の目を光らせていた。おそらく、従姉妹のひとりが婚約中に別の男性の子供を妊娠してしまったことがあるだけに、そんな不名誉を繰り返してはならないと神経をとがらせていたのだろう。

「男の子に近づくんじゃないよ！　男の子たちにさわるんじゃないよ！　男の子たちとしゃべっちゃいけないよ！」

そうは言われても、私はいつもこっそり家を抜けだす手段を見つけた。私は男の子供しかいないおばの家に遊びに行くのが大好きだった。しかも、そのなかにひとり、気の合う従兄弟《いとこ》がいて、彼のほうも私を気に入ってくれていた。母方の祖母は、そのことにうすうす感づいているようだった。

ある日のこと、その従兄弟《いとこ》の部屋に集まってぺちゃくちゃおしゃべりをしていると、突然、祖母の声が聞こえてきた。ベッドのしたにもぐりこむしか逃げ道はなかった。男の子たちは母方の祖母の探るような視線を浴びながら、なにごともなかったように部屋を出ていこうとした。

「キャディはいる?」

「いないよ」

男の子たちが嘘《うそ》をついているとすぐに見抜いた祖母は、部屋に入ってくるなりベッドのマットレスを持ちあげて言った。

「出てきなさい!」

「なんにも悪いことはしてません、ただ話していただけで……」

「さあ、さっさと家に帰るのよ! あなたにはもう、したいことをしたり、行きたいところに行ったり、自分勝手な行動をとる自由はないの。あなたは結婚したのよ。相手の男性に敬意を抱き、おとなしくしているべきでしょ。今後いっさい、男の子たちと付き合ってはなりません」

男の子の部屋に遊びに行くというのは、たしかにほんのちょっと挑発的な行為だったかもしれないが、ただ話をしているだけで、私はまったくの無実だ。結婚したことに実感がなくても、始まったばかりの思春期を奪われてしまうという危機感だけは無意識のうちに抱いていたのだろう。男の子たちと会うのは、ひそかな反抗心の表れだったのかもしれない。

一九七三年八月、十四歳の誕生日が近づいていたとき、一族のメッセンジャーが再びやってきた。メッセンジャーは結婚だけでなく、様々な知らせを運んでくるが、たとえば、誰かの死亡を知らせに来たときには、まっさきに長老に伝える。長老を差しおいて女性や若いおじたちに伝えることは絶対にしない。靴の修理屋の階級で私たちと同じソニンケ族の彼はとても感じがよく、冗談が言いやすい。この日も私たちはいつものように彼をからかった。

「あら、メッセンジャーさん、今日はどんな知らせを持ってきたの？　今日はいいニュースでしょうね。悲しい知らせはいやよ」

しかし彼は私たちの野次《やじ》には乗らず、まっすぐ祖父の部屋に向かった。来客のときにはまわりをうろうろして聞き耳を立てたりしてはいけないと教えられている私たちは、どんなニュースを運んできたのか興味津々《しんしん》だったものの、すぐに自分の仕事に戻った。三十分ほど経って祖父に呼ばれて部屋に入っていった祖母や母やおばが、それからさらに三十分ほどしてぞろぞろと出てくると、みな一様に心配そうな顔をして今度は母の家に集まってなにやら話し合いを始めた。例によってすぐには私の耳には入らなかったが、しばらくして「悪いニュース」を知らされた。

フランスに住む例の従兄弟《いとこ》が突然、休みが取れたのでダカールまで来ており、この休みのあいだに婚礼の儀式を済ませ、村の家族にも挨拶《あいさつ》に行きたいと言っているという。一族は彼の意向を尊重し、儀式は木曜日に執《と》り行われることになった。ニュースを知らされたのはその週の月曜日。あまりに急な展開に、女性たちは不満を隠さなかった。

「時間がないじゃない、急すぎるわ!」

どんなにささいなことでも、ここの女性たちにとっては二、三か月前に知らされるのがふつうだ。親族に知らせたり嫁入り道具一式を用意したりと、結婚の儀式を取り仕切るにはかなりの時間が必要で、まかされている仕事の重要性を考えれば、彼女たちが不平を口にするのも無理のないことだった。花嫁道具には台所用品一式、洋服、布地、それに織って染色して手縫いするところまですべて注文でこしらえる腰巻が含まれるが、この腰巻が完成するまでには数か月の時間を要する。一般的な道具一式でも七百ユーロ近くに相当するお金がかかり、そのために嫁に行く娘自身が何年も働かされる家も多く、家族にとってはかなりの出費となる。未来の夫から与えられる金銭は、こうした花嫁道具をそろえるための足しにもされるが、家族のひとりひとりにも分け与えられる。

私にとってお金というのは、父や祖父の考えを象徴するものとして、頭に刻みつけられていた。父はいつも「娘たちを金で売ることはしない」と言っていた。祖父は父以上にお金に対して厳しく、「無意味なことで無駄《むだ》遣《づか》いしてはならない、金を稼ぐのは並大抵《なみたいてい》のことではない」というのが口癖《くちぐせ》だった。

この花嫁道具一式は儀式の最後に相手の家族に披露《ひろう》することが義務づけられているが、幸い相手はすぐにフランスに戻ることになっていたので、次回のアフリカ滞在までに用意すればよいことになり、少し余裕ができた。とはいえ、披露宴の食事の準備だけでも大変だ。

その日が刻々と近づいてきた。

祖母からは新たに外出禁止令が出された。

「これからは決して家の外に出てはいけないよ。あなたには家のなかでやるべきことがたくさんあるんだからね。一歩も出てはいけないよ」

学校の友達が家に遊びに来て歌ったり踊ったり冗談を言ってくれたりしても、私は以前のようには笑えなかった。年上の友達には婚約したり、結婚している子もいて、みんなのなかに早すぎるという意識はあまりなく、むしろ、結婚相手が見つかってよかったね、みんなも早く夫が見つかるといいね、というムードだった。それでも当の私は結婚を喜ぶような気持ちからはほど遠く、家に閉じこめられ自由な空気が吸えなくなっていくことで、しだいに神経質になっていった。あと四日……

三日目、おばのひとりが私が処女であるかどうかを確かめに来た。

「自信をもって処女と言えるね？　確かだね？　自信がないんだったら、すぐにそう言うんだよ」

「自信はあります」

この土地では、なによりも言葉がものをいう。他の土地で行われているような、恐ろしく乱暴な取り調べはしない。みだらな検査も、初夜の明けた朝、血のついたシーツをトロフィのごとく村じゅうに見せびらかすようなこともしない。

しかし未婚の女性にとって処女であることは最高の価値であることに変わりはなく、なにがなんでも処女でなくてはならない。婚約して以来、母はときとして異常なほど神経質な態度を見せた。

「ここに引いた線が見えるでしょ？　この線を越えたら、あんたの足を切ってしまうからね」

とはいえ、婚約するまでもなく、生理がきてからというもの監視の目はすでに厳しくなっていたのだ。

「あんたは本当によく歩く子だね。どうしてそんなに歩いてばかりいるの？　女の子なんだから家でじっとしてなきゃいけないのに、しょっちゅう誰かの家に入りびたってるんだから」

「友達の家に遊びに行ってるだけじゃない！」

「女の子がうろうろしちゃいけない時間っていうのがあるのよ！」

たしかに昔から若い娘は自由に外出してはいけないとされているのだが、この地区では一本道を歩けば友達の家にたどりつけたので、なにも怖《こわ》いことはないと思っていた。母にしても基本的には同じ気持ちだったのだが、人の目もあり、とくに婚期が近づいてからは原則として規則に従うべきだと厳しく私を注意するようになった。友達のなかに見知らぬ子がいると、いつも同じことを繰り返した。

「あの子は誰？　あんたは町じゅうの子と付き合ってるのね。私はこの町で育って、この町で結婚したけれど、私のことを知ってる人なんて一族の人間だけよ。あんたのことは、みんなが知ってる。しょっちゅう、うろうろしているからよ」

歩いてばかりいてあちこちに首を突っこんでいるから、みんなに知られている。これは人からよく思われないのだそうだ。
儀式や披露宴《ひろうえん》の準備を始めた母たちは、大人数の料理をこしらえるために大きな鍋を調達し、大量の米やアワや羊を買いこんだ。手伝いのためにダカールから泊まりこみで親戚《しんせき》がひとりふたりとやってくるうち家がいっぱいになってしまい、隣人宅にまで親戚が泊めてもらうことになって、家のまわりにはまるでアリの巣のように人がひしめいていた。

そして木曜日、儀式の日がやってきた。私は当日になって初めて、自分の身に起こることを自覚し、女友達の前で大声をあげて泣きじゃくった。この涙には様々な理由があったが、夫となる男は儀式を終えたらフランスに戻っていき、私は家族のもとに残ることになっていたので、家族と離れ離れになる心配はしていなかった。それよりも、私を育ててくれたフーレおばあちゃんがいないことが寂しく、心細かったのだ。フーレおばあちゃんにそばにいてほしかった。祖母が亡くなって六年経っても、私の心のなかには彼女の存在がしっかりと根づいたままだった。愛情をたっぷり注いでくれたのも、敬意や尊厳、実直さについて教えてくれたのも祖母だった。心のよりどころだったフーレおばあちゃんが結婚という人生の一大事の日に隣にいないことが、たまらなく悲しかった。

相手の男性を私は一度も見たことがなかった。どんな容姿の人なのか、年齢はいくつなのか、なにも知らない。人から聞いていたのは、一度結婚していたことがあり、数日前に離婚したということだけだった。どうやら相手の女性は、夫が何年も会いに行かずにいるあいだに、別の男性の子を妊娠してしまったらしく、それが離婚の原因になったという。とはいえ、そんなことを知らされても、なんのなぐさめにもならなかったが。

しくしくと泣きつづける私の部屋におばが入ってきた。むだ毛を剃《そ》る時間だった。専用のカミソリやワックスなど、なにもなかった時代だ。ふつうのカミソリ一枚で処理しなければならない。七歳のときと同じ、恐ろしいカミソリの刃。見知らぬ男に嫁《とつ》ぐためには、まっさらの処女で、なにもかもが清潔で、わきの下や下腹部を覆《おお》っている体毛も含めて、すべてが清められていなければならないのだ。

部屋の外には女友達が集まり、台所では鍋がぐつぐつと煮え、家は結婚を祝福する人々でぱんぱんにはちきれそうな状態だというのに、当の私はといえば、体毛を剃る以外、なにもすることがない。

「手伝おうか？」

「ひとりでできるから大丈夫よ」

カミソリを握ると、忘れていた七歳の日の記憶が昨日のことのようによみがえった。やっとのことで陰部に触れると、カミソリを持つ手が震えた。私のデリケートな部分をそぎ落とした、悪魔のような、むきだしのカミソリ。やり方がまずいのか、手が震えているせいなのか、なかなかうまくいかない。とはいえ、おばであれ、人の手を借りるなんて、恥ずかしすぎる。それに、なにより恐ろしすぎる。

どうにかこうにか処理を済ませ、茫然《ぼうぜん》としている私の耳に、外で女たちが歌い、踊っている熱狂の声が聞こえてきた。私はこれから起こることに怯《おび》えてもいたけれど、同時に誇り高い気分でもあった。だって、私は結婚して妻となるのだから、なにもかも、おとなの女性のように振る舞わなくてはならない。それにしても、知らないことばかりではたしてやっていけるのだろうか。複雑な思いが波のように押し寄せてきて落ち着くどころではなかったが、しばらくすると、かわるがわる女性たちが結婚のお祝いを言いにやってきたり、グリオ（楽器演奏や歌、語りを生業とする世襲制の音楽家）が来て両親の祖先の武勇伝を聞かせてくれたりしたおかげで、あれこれ考えたり思い悩んだりせずにいられた。

次に待ち受けていること、つまり婚姻《こんいん》の夜については、できるだけ考えまい、どんなにささいなイメージでも頭に浮かべまいとしていた。私は夫についてなにも知らないだけでなく、婚姻の夜になにが起こるのかについても、まったく知らなかった。

どうかやさしい男性でありますように、一緒にいろいろなことを分かち合える相手でありますように、そう心のなかで祈るしかなかった。その男性は車は持っているのだろうか。夜、ふたりで映画に行ったり、中東風のサンドイッチ、シャワルマやアイスクリームを食べに行ったりするのだろうか。幼いころ通りで買っていたのは五サンチームから十サンチームのアイスで、本物のアイスクリームは高くてなかなか買えなかった。結婚したら両親の暮らしを助けてあげたいと願うのはアフリカの娘にとっては当然のことだが、寛大な相手でなくてはその願いは叶《かな》えられない。彼は私のささやかな願いに耳を傾けてくれるだろうか。

きれいなアクセサリーや服、素敵な靴は買ってもらえるかしら。これまでに出席した結婚式では、女の子の友達と、こんな話ばかりしていた。見事に着飾った母親たちの姿を見ながら、私たちはささやき合ったものだ。「ねえ、あの指輪、見た？　私もいつか、あんな指輪がほしいなあ。あ、あの女性のブーブー、素敵ねえ、私もいつか……」

若い娘たちは長いスカートに腰巻、うえはシンプルなトップを身につけただけで、母親たちのような長衣《ちょうい》は着ない。貧乏でもなく金持ちでもない家庭に育った私は、祖母から譲《ゆず》り受けたシルバーのアクセサリーをほんの少し持っているだけだった。母親たちは結婚してから手に入れたのか両親から譲《ゆず》り受けたのか、ゴールドのアクセサリーをつけていた。

友達と一緒に寝室に閉じこめられていた私は、白い小さな腰巻を頭にかぶっていた。

午後のうちに髪結いの女性がやってきて、花嫁のための髪のセットをしてくれた。トップに大きな三つ編み、顔の輪郭に沿うように左右にふたつの三つ編み、うなじにふたつの三つ編み。そして最後に白い布が掛けられた。髪を結ってもらっているあいだ、しだいに大きくなるタムタムのリズムに合わせて、母親たちは歌い、踊っていた。

晩餐《ばんさん》が終わり、夜じゅうみんなで踊り、歌い、深夜一時を過ぎると、私は婚姻《こんいん》の間《ま》に連れていかれる。新郎は男たちに囲まれ、どこかに座っているはずだが、私はまだ彼の姿は見ていない。結婚の前に相手の姿を見てはいけないのだ。儀式の前に新婦が新郎と鉢合《はちあ》わせしそうになると、みんなで新婦を隠すことになっている。新郎にも新婦の姿を見る権利はない。

部屋に閉じこめられたままの私は、肩にのしかかる重みでしだいに息苦しくなり、頭痛がし、体じゅうが痛くなってきた。なにも食べたくないし、なにも飲みたくない。とはいえ体が苦しいのでなく、間近に迫る婚姻の儀式に怯《おび》え、心が苦しいのだ。見知らぬ男性と性的な関係を結ばなくてはならないと思うと、怖《こわ》くて体がかたかた震えた。

どうか乱暴な男でありませんようにと、心のなかで祈った。初夜に新婦に対して乱暴に振る舞う男たちがいると母親たちが話しているのを聞いたことがあった。初夜のあと具合が悪くなって何日も寝こんだ新婦もいたらしい。なにが起こるのかは知らなかったが、その行為が痛みを伴《ともな》うものであることだけは確かだった。出血するということも。そして、その時間がやってきた。

おばたちがやってきて、そばにいてくれた女友達に出ていくように言った。私をひとりにして、あれこれと助言をするためだ。助言はそれほど複雑なものではなかった。何種類かの香りの使い方、体を洗うための新しいたらいの使い方。白い腰巻、長衣《ちょうい》、紗《しゃ》のスカーフについて。この日はすべてが新しかった。

招待客をもてなすのに忙しい母は、あまり私に会いに来てくれなかったが、結ってもらった三つ編みを確かめに来たとき、心配そうな、というより、怯えたような目で私を見ていた。あのとき母はなにを考えていたのだろう。この瞬間、私は人が花嫁を指して言う「寝室に入っていく娘」だった。母はおそらく、私は肉体的にはしっかりしていても、頭のなかはまだまだ幼いことを気にしていたのだろう。あとになって、ずっとあとになって知ったことだが、母はこの結婚には賛成していなかったという。母に直接、聞くことはしなかったので本当の理由はわからないが、おそらく姉の一件もあり、一族のなかでの結婚は失敗する運命になるのではと心配していたのだろう。母は夫を愛していた。それは子供たちの目にも明らかだった。母は娘たちにも、自分と同じ思いをさせたいと、自分の胸のうちだけではあったが、望んでいたのだ。

しかし、この日、母がなにより心配していたのは、娘が本当に処女かどうかということだ。母にかぎらず、一族の女性たちなら誰でも、最後の瞬間まで、そのことを気にかけるものなのだ。

女子割礼《かつれい》を受けた娘は初めて性的関係を持つときに問題が起きると、女性なら誰もが認めている。しかも、その問題は最初のときにかぎらず持続するものだと。それなのに誰もその問題には触れようとしない。なにも知らされていない私は、ただ痛いということ以外、考えようがなかった。

おばたちは私を部屋から連れだすと、しきたりに従ってふたりのおばが左右に立ち、私の手を取って中庭に向かって歩きだした。そのうしろを、ほかのおばたちがユーユーという喜びの叫び声をまじえた歌を歌い、手を叩《たた》きながらついてくる。

中庭のまんなかまで来ると、さかさまにして置いてあるミルをひくための鉢《はち》に座らせられた。ひょうたんと一緒に、水の入った真新しいバケツが横に置いてある。水のなかにはあらかじめ植物が入れてあり、香水とお香《こう》が添えられている。おばたちが私の頭を覆《おお》っていた白い布を取り、長衣《ちょうい》も脱がせると、私は腰巻だけの上半身はだかの姿になった。これから、体を清める象徴的な儀式が始まるのだ。おばたちは私の頭に少しだけ水をかけ、香りをつけた水で肌をこすりながら歌を歌いはじめた。おばたちの人形にでもなったような気分のまま、二十分ほどの時間が過ぎた。そのあと、処女性の象徴である真っ白な、お香の香りがする長衣を着せられ、ふだん身につけているものよりずっしりと重い厚地の腰巻をつけられ、ベールで顔を覆った格好で婚姻《こんいん》の間《ま》に向かった。

家は親戚《しんせき》でいっぱいになってしまい空いている部屋がなかったため、通りの向こうの家のひと部屋が婚姻の間となった。部屋の入り口まで付き添ってくれた女性は、扉《とびら》の前で私を置き去りにして行ってしまった。なんの飾りもない壁、マットレスひとつしか置けないくらいの小さな部屋。マットレスには白いシーツが敷かれ、蚊帳《かや》が吊《つ》ってある。

この瞬間から私の脳は、この部屋で起こることすべてを記憶するのを拒絶するかのように、活動を停止してしまった。夫となった男が入ってきたのはわかったが、正視するのが怖《こわ》くてベールを取らずにいると、彼はたったひとつしかない灯油のランプを消した。覚えているのはそれだけ。そこから先は、いっさい記憶にない。

そして朝方の四時ごろ、扉の向こう側で響くユーユーという歓喜の叫びに、昏睡《こんすい》状態から引きずりだされ、目を覚ました。夫はすでに出かけていた。

私の顔を見るなり、女友達が言った。

「ゆうべのあんたの叫び声、すごかったわよ！　この辺の人たち、みんなに聞こえたんだから」

両親はもちろんのこと、親戚《しんせき》や友達にとっても新婦が処女だったという事実は、これ以上ない喜びなのだ。処女であったかどうかは、夫が新婦のおばのひとりに血のついたシーツを見せることで証明されるのだが、確認したおばがみんなに伝えると、いっせいに歌ったり踊ったりしはじめる。歌の内容も、「幸せになるためには処女でなければいけない。幸せな朝を迎えたかったら、無傷のままいなければいけない」というものだ。

まわりが喜びに沸《わ》いているのとは対照的に、私はただ茫然《ぼうぜん》としていた。痛みは生々しく残っていたが、叫んだ記憶はなかった。想像を絶するような痛みに、私はそのまま気を失ってしまったのだと思う。なにも見ず、なにも聞かなかった。その三、四時間のあいだ、人生はまったくの空白になっていたのだ。

大事なのは処女であったという事実だけ。私が幸せかどうかなど、みんなにはまったく関係ない。私は、苦痛をもたらす自分のデリケートな部分のことを必死で無視しようとしながら、この「幸せな瞬間」に存在さえしていなかった自分を憎みはじめていた。

第四章
見知らぬ男

翌日、私は祖父の家のフーレおばあちゃんが使っていた部屋に移され、新たな婚姻《こんいん》の間《ま》となった部屋に隔離されて過ごすことになった。夫がやってくる夜以外は、おばたちが一日じゅう私に付き添い、夜のあいだに汚れた、見るもおぞましい腰巻を取り替えたり、なぜか私は「軽い」ままでいなくてはならないらしく、軽い食事をこしらえてくれたりと、あれこれ面倒を見てくれた。この伝統的な婚姻のしきたりは一週間続くが、この間、花嫁はベールをつけたまま婚姻の間から離れてはいけないことになっている。私はフーレおばあちゃんの面影《おもかげ》が残るこの部屋で、若くして亡くなった大好きな祖母を思って泣いてばかりいた。おばあちゃんが生きていたら、きっと守ってくれたはずだ。私が強制的に結婚させられることに耐えられなかったはずだ。

日中は女の子の友達が会いに来てくれたが、夜になるとみんないっせいに帰ってしまい、空っぽになった部屋に夫がやってくる。私はこの見知らぬ男を目の端でこっそり見るだけで、話したいとも、もっと深く知りたいとも思わなかった。私より二十歳も年上の、父親でもおかしくないような男にはなんの魅力も感じられなかった。結婚前に抱いていた、自分にふさわしい若い男性であればいいという望みは叶《かな》えられなかった。

四日目、失望に拍車《はくしゃ》をかける出来事が起きた。夫はときどき、日中に予告なしにふいに現れることがあったが、その日は一緒に演劇をやっていた男の子の友達が部屋に来ていた。少年たちの姿を見るや夫は大騒ぎを始めた。男を部屋に入れるなど、とんでもないと言うのだ。夫は嫉妬《しっと》でもしているの？　私を愛しているとでもいうの？　いや、単に独占欲の強い、男性優位主義者なのだ。おばのひとりが彼をなだめようとして言った。

「いいかげんになさい。この少年たちはキャディの幼なじみで、演劇の仲間なんですよ。結婚のお祝いくらい言いに来てもおかしくないでしょう」

「キャディは妻になったんだ。幼なじみだろうがなんだろうが、男どもが部屋に入りこんで、ましてや横に座ったりする権利はない！」

「やきもちは心のなかにしまっておきなさい。そもそも、あなたが嫉妬《しっと》する理由なんてまったくありません」

私はここぞとばかり、おばに加勢《かせい》するようにつけ加えた。

「友達なんだから、会いに来る権利があります」

夫に向かって初めてまともに発した言葉だったが、彼はこちらを振り向こうとさえしなかった。

『監禁生活』最後の日、地区の住民たちはみないっせいに洗濯に取りかかった。それぞれ少なくとも一着の服、あるいは腰巻を洗濯することになっている。お清めの一種とみなされる風習のようだが、住民は洗濯をすることで、私の心や魂を洗えるとでも思っているのだろうか。

儀式はこの日でおしまいとなり、ご馳走《ちそう》をこしらえるために牛や羊が殺された。私はやっとのことで婚姻《こんいん》の間《ま》から出され、手で刺繍《ししゅう》を施《ほどこ》した藍《あい》色の伝統衣装を着せられた。そして、一族全員が見守るなか、夫の前に立って手を取り、服従のしるしとしてひざまずき、こうして私は夫に所有される女性となった。

婚姻の儀式から一週間が経っても、私にとって夫は見知らぬ男でしかなかった。結婚して伴《はん》侶《りょ》となった男だというのに、毎晩、襲いかかられる恐怖と嫌悪感をのぞいては、なにも感じられない。

この男は幼い妻を手なずける方法を知らなかった。私がまだ少女で、手取り足取り教える必要のある相手だということが理解できないようだった。乱暴ではなかったが、気持ちが通い合うどころか、会話らしい会話もなく、彼が口を開くのは私に向かって、おなかがすいたか、のどが渇《かわ》いたかと聞くときだけ。まともな教育も受けず、パリに住んでいても移民のコミュニティ以外なにも知らない彼の頭のなかでは、女性はマットレスに横たわる肉体以外のなにものでもなかったのだろう。

どうあがいても後戻りはできない。ひたすら忍従《にんじゅう》するしかないのなら、できるだけ無関心でいようと私は決めた。この男の存在、この男が自分にすることなすことに気を留めなければ、なんとか乗り切っていけるだろう。しばらくすれば彼はフランスに戻っていく、今だけがまんすればいい、もう少しの辛抱《しんぼう》だと自分に言い聞かせ、目をつぶり、歯をくいしばって耐えた。

婚姻の間を出て数日後、市役所に連れていかれた。夫は私に、フランスの会社の雇《やと》い主《ぬし》に見せるため結婚証明書が必要なのだと言っていたが、実際はフランスで長期滞在移民労働者に認められていた「家族を呼び寄せる権利」を利用して、私を問題なくフランスに入国させたかったのだ。つまり、もともと私のことを故郷に残しておくつもりなどなしに結婚しに来たのだ。しかしウブで世間知らずの私は、家族と引き離されることになるなど、この時点では想像すらしていなかった。

市役所に赴《おもむ》くため、真っ白な長衣《ちょうい》にアクセサリーをつけ、生まれて初めておとなの女性の格好をすると、学校の友達は私の姿を見てくすくす笑った。

このとき市役所の証明書発行を担当していた公務員のことを、今でもよく覚えている。彼はまず夫に私の生まれた年を尋《たず》ねた。

「一九五九年です」

公務員は一瞬、間《ま》を置いてから尋ねた。

「もう一度お願いします」

「一九五九年です」

「失礼ですが、彼女はまだ結婚する権利はありません。まだ成人に達していませんから」

今では十八歳になっているが、当時、セネガルで結婚が許されていたのは十五歳以上の女性だった。

その瞬間、私はその公務員の首に飛びついて、ありがとう!と言いたい気持ちになった。しかし夫は、公務員の話すウォロフ語が話せないため通訳を介《かい》してのやりとりだったが、頑《がん》として譲《ゆず》らなかった。

「いいえ、結婚できます」

「いいえ、成人に達していない娘の結婚は許されません」公務員も引き下がらない。

「しかし、彼女はすでに結婚したんです。だから書類が必要なんです」

「申し訳ありませんが、年齢的に無理です」

そこで夫はアフリカ流の魔法の手を使うことにした。お札《さつ》さえ出せば、なんでも解決できると思っているらしかった。

「これでなんとかできますかね」お札をちらつかせながら通訳が公務員に詰め寄った。

「さあ、どうでしょうね。私には、この娘さんはまだ結婚できないとしか言えません。少なくとも市役所では無理です。セネガルのいかなる法律も、彼女に結婚証明書を出すことは許しません」

もし私に自由があったら喜びで飛びあがり、カウンター越しに公務員にキスしていただろう。公明正大なこの公務員は買収されることもなく、私に子供時代を取り返してくれた。そして結婚するにはどんなに早すぎるか、改めて自覚させてくれた。両親さえ法律で許された結婚年齢が十五歳であることを知らなかった。当時は市役所への届け出より、モスクで男たちによって行われる儀式こそが、意義ある結婚だったのだ。夫と仲介人《ちゅうかいにん》は怒り狂い、公務員は憤慨《ふんがい》していたが、私はひとり、心のなかで満足していた。

しかし、ありとあらゆること、ことさら行政面に関してはなにかしらの解決法が見つかるのがアフリカだ。いつでもどこでも、従兄弟《いとこ》の友人や誰それのおじといった、より話のわかる公務員が必ずひとりは存在する。夫も話のわかる公務員を別の市役所でなんなく見つけだし、私は行政面でも「正式に」結婚している妻となった。

夫の生まれ故郷、つまり父の生まれた土地への短い旅のあと夫はフランスに帰っていったが、それまでけんかにならない日は一日としてなかった。原因はいつも、ささいだけれど私には耐えられないことばかりだった。たとえば、実の兄が私のベッドに腰かけ、話したり笑ったりしていることが夫には許せないらしかった。

「なぜこんなことが平気でできるんだ、信じられない!」

嫉妬《しっと》につぐ嫉妬。夫の執拗《しつよう》なまでの嫉妬は、その後の生活をことごとく蝕《むしば》んでいくことになる。

この男は十年以上も前からフランスに暮らしているというのに、人間的にまったく進歩していないどころか、読み書きを覚えようともせず、お金を稼ぐことしか考えていなかった。とはいえ夫が特別なケースというわけではなく、当時のほとんどの移民は金を稼ぐのが目的だった。のちにフランスに暮らすようになって知ったことだが、パリにおけるアフリカ人のコミュニティはきわめて閉鎖的で、そこでの規則も行動も、すべてが金銭とおおいに関係しているのだった。

私にとっては苦痛でしかないこの結婚が移民の男たちにとっては「典型的かつ理想的」なものだったことも、パリに暮らすようになってから知った。屈辱《くつじょく》的な思いをさせられた最初の妻と離婚したすぐあとに、生まれ故郷の、新鮮な若い娘をめとってフランスに連れ帰る。抵抗する術《すべ》をまだ身につけていない子供なら思いどおり型にはめられると考える移民たちの目に、十三歳の少女である私をめとった夫はステイタスと名誉を挽回《ばんかい》できた男と映るわけだ。

夫がフランスに帰ると、私は心からほっとした。これで中学に進める。友達と一緒に過ごせる。夫婦の義務から解放されると思うだけで、本当に嬉しかった。ただ、私は夫を恐れるだけでなく、自分のなかのなにかが決定的に凍《こお》りついてしまったのを感じ、取り返しのつかないことをしてしまったという後悔の念に苦しみはじめていた。この後悔にさらに拍車《はくしゃ》をかけたのは、結婚して幸せになっている女性たちとの出会いだった。

マリーおばさんはその代表だった。彼女がおじのひとりと結婚したのは、私が十四歳になったばかりのころ。快活な魅力にあふれ、商品の売買のためにダカールとバマコを行き来している彼女は、自立したセネガル女性のお手本のような存在で、もちろん夫に従順ではあったけれど完全に服従するのではなく、状況によってはノーとはっきり言える女性だった。四十代の彼女にはすでに二度、離婚の経験があったが、おじを心から愛しており、結婚してからも自分の家に住み、おじが彼女に会いに行くという形をとっていた。おじにはほかにふたりの妻がいたが、マリーおばさんはほかの妻たちとは一緒に住まずに、ゆとりを持って一夫多妻に参加していた。

夫が家にやってくるとき、マリーおばさんは彼のために特別な料理をし、家じゅうにお香《こう》をたいて心地よい香りで満たし、糊《のり》のきいた清潔なシーツを用意する。お香は、様々な植物の種をひいてラベンダーの水につけ、それにアラビア産の麝香《じゃこう》や香りのよい植物を加えて自分でこしらえたもの。セネガルの女性は、誰が一番、繊細でうっとりするような香りを作れるか自分のオリジナルの香りで互いに競い合う。マリーおばさんは鍛冶屋《かじや》の階級で、貴族階級とは大きな格差があるが、コンプレックスなどまったく持たず、自由にのびやかに生きている女性だった。

私の家族は性に関して口にすることなどめったになかったが、マリーおばさんはこの点でもオープンだった。一度、おばさんが年頃の娘たちに向かって、男性を魅了するための香りやパールの使い方を説明しているのをこっそり聞いたことがある。

「家のなかはすみからすみまで清潔にしておくこと。においがきつすぎると逆効果になるから、お香はあくまでもさりげなく。男性がやってきたら喜びで目を輝かせながら温かく出迎え、まずは彼の着ているものを脱がせてあげる。テーブルについたら横に寄り添うように腰かけて、魚料理をこしらえた場合は、必ず小骨は取ってあげてね。肉料理なら、食べやすい大きさにカットしてあげるのよ。飲み物はカクテルの作り方を覚えておくべきね。ハイビスカスの花をベースにしたビサップ、バオバブの花で作るジュース、タマリンドの果実、ジンジャー、これはあらかじめ用意しておくといいわね。自分だけの個性的な風味を出すために、砂糖やムスカデ、オレンジの花、バナナやマンゴーのエキスも加えたほうがいいわ。飲み物もお香と同じで、人の真似でなく、自分のオリジナルを見つけることが大切よ。

食事が終わったら、彼がベッドに横たわる前に、あなたが先にベッドに行って彼を迎え入れるの。ベッドにやってきた彼は、あなたが彼のために準備万端だと理解するはず。最高にきれいな腰巻だけ巻いて、腰まわりにパールをずっとつけておくこと。パールは彼を魅了するためにあるのよ。

そこまですべてが順調にいけば、月を取ってきてと頼んでも、きっと彼は探しに行ってくれるわ」

ときどき、おそろいの生地の服でおめかししたふたりが楽しそうに出かける姿を目にしたが、マリーおばさんは自分の装《よそお》いに合わせて夫の服を作るため、旅に出るたびに布地を買いこんでくるらしかった。私はこのカップルに憧《あこが》れてしまった。まばゆいばかりの長衣《ちょうい》に身を包んだマリーおばさんの優雅な足取り、このうえなく美しい光沢《こうたく》のある黒い肌、ほんのり漂う、誰とも比べようのない香り。彼女はエレガントなだけでなく、けんかをしたときには「私は枕元にナイフを潜《ひそ》ませているのよ」とか「もうあなたなんか会いたくないわ」ときっぱりと言ってのけられる女性だ。自立していないために夫に服従するしかないほかの妻たちは彼女と競い合うことさえできない。マリーおばさんは結婚したときからすでに、「亭主を尻にしいていた」のだ。彼女は夫を愛していたし、夫に愛されていた。

性器切除された女性でも性の悦《よろこ》びを得ることは不可能ではないが、私たちは少女のころから、口ではっきり説明されなくても、悦びは私たちのものではないことを頭に叩《たた》きこまれている。たとえ具合が悪くても、病気でも、どんな状況であれ夫の欲望を拒否してはいけない、夫の言うことは絶対に聞かなくてはならないと。

つまり、夫だけが欲望を抱く権利があり、悦びは夫のためだけにあると洗脳されるのだ。生涯の禁止を背負わされた私の体は、私自身のものとはいえない。魂も、悦びも、私のものではない。私には、なにもない。そもそも、欲望の感覚や悦びを感じる部分は切除されてしまっているのだから。

さらに、まだ子供と呼んでもおかしくないような幼い娘が、しきたりにより知的な進歩を妨げられた夫に嫁《とつ》ぐと、その夫は妻を、自分の子供を産んでくれるモノのように扱うだけで満足し、男としての自分の性も、実は、分かち合う喜びもなく、ただ欲望を発散するためだけに存在する悲しいものなのだと、気づくこともない。

性器切除された女性にとって、肉体的にも精神的にもこのタブーから解放される唯一のチャンスがあるとすれば、気配りのある、辛抱《しんぼう》強い、そしてなにより、心の底から自分を愛してくれる男性にめぐり合うことだ。マリーおばさんはそのチャンスをつかみ、幸せを実現していた。こんな素敵な女性が身近にいるというのに、私はもう彼女のようにはなれない。もう遅すぎる。それとも、まわりの女性たちが口をそろえて言うように、結婚して歳月を重ねるうちに、嫌いな男でもいつかは好きになれるのだろうか。愛せる日がくるのだろうか。そう自問しながらも、心の底では、この結婚の話がいつか自然消滅してしまえばいい、みんな忘れてしまえればいいと願っていた。

見知らぬ男と暮らすためにフランスに行かなければならないと知ったとき、私はもちろん喜べるような心境ではなかった。そもそも私の年頃ではそう簡単には家族や友達と離れられない。それでも、万が一、その男を愛していたとしたら、少しは安心してこの出発も受け止められただろう。

この旅が実現しなければいい。私は一年間、ずっとそう思いながら過ごした。

ダカールに住む夫のおじに、パスポートを申請《しんせい》し、慣例どおりワクチンを受けるために呼ばれたのは、十四歳半のときだった。私は結婚後、最初の学期を受けただけで中学に通うのをあきらめなければならなかった。両親にとって、「学校はおしまい」だった。先生たちが、やめさせないよう両親に話をしてくれたものの、夫という新しい未来のできた娘に教育は必要ないと家族は判断したのだった。そこで私は裁縫《さいほう》や刺繡《ししゅう》を身につけるために専門学校に通うことになった。

幸い、最後の二年間、夢中になって勉強したおかげでフランス語は読み書きともにマスターしていた。夫は私に、本当はそんな気もないのにフランスでも学校に通い、卒業証書を受けられると言って期待を持たせていたが、結局その約束は果たされなかった。しきたり上、夫の言いなりにはなっていても、生き延びるという点では夫になにも期待していない精神的に自立した女性たちに育てられた私にとって、学ぶこと、それは自立への鍵《かぎ》だった。

こうして私は専門学校で裁縫や編み物を習いながら、同時にフランス語のブラッシュアップも続けた。

ダカールでは、おじの指示どおり写真を撮《と》り、ワクチンを打ち、パスポートを申請した。出発を待つあいだに、母方の祖母の葬儀に列席するためティエスに戻った。結婚の申しこみを告げられたとき、父の前で「蛇《へび》の穴だとしても入っていく」と言った祖母が、またしても私には理由を知らされない病気が原因で亡くなってしまったのだ。

毎朝みんなが「おばあちゃん、今朝は具合はどうですか」と聞くと、「私の言うことをよくお聞き。私はまもなく死ぬだろう。私が死んでも、みんなこれまでどおり団結し、母さんたちを助けるんだよ」と言っていた祖母。

病院に入院したまま戻れなかった。アイサトゥおばあちゃんは私の結婚式を取り仕切り、私がいよいよ結婚生活に直面するというときに亡くなってしまった。
祖母はまだ六十五歳だった。

夏の終わり、ダカールからやってきたいつものメッセンジャーに、「パスポートはできあがり、あとは飛行機のチケットを待つだけだ」と告げられた。いよいよ出発に備えなければならない。一九七五年の十月、父が数か月、仕事でコートジボワールに行っているあいだのことで、私のそばには母と母の妹しかいなかった。寂しさで胸がつぶれそうだった。幸せに暮らしていた家と、温かい家族から離れなければならない。ひとりぼっちで見知らぬ異国に旅立つのだ。一方で、国を離れるということは、母の生活を支える可能性を見つけられることでもあった。どうせ家を離れなくてはならないのなら、仕事を見つけ、給料を得て、セネガルの女の子ならみんながそうしているように、母親を助け、少しでも楽な生活をさせてあげよう、そしていつかはイスラム教の聖地メッカへの旅を実現させてあげよう、それを目的に生きていこうと自分に言い聞かせた。
幼いころは、母よりも育ててくれたフーレおばあちゃんのほうが身近な存在だったが、思春期になると私は母を尊敬し、母に憧《あこが》れるようになった。母には誰にも見せずに耐え抜いてきた苦労があったのだとわかってからは、なおさら感謝の気持ちが強くなった。子供たちの食べ物、洋服、薬などを買うため、そして教育のために、自分にはなにひとつ買わず、自分を犠牲《ぎせい》にすることをいとわなかった、素晴らしい母。

母は丸々三日かけて、調味料、香辛料、それにフランスでの新しい生活に必要なすべてをそろえ、出発のための準備をしてくれた。

そしていよいよ出発当日。ダカールの空港で生まれて初めて、鉄の鳥のごとき飛行機を間近に眺めていた。私はひとりでこの飛行機に乗り、海を越え、これから生きていく土地へと飛んでいくのだ。新しい土地に行き着けるのだろうか。飛行機は海に落ちたりしないだろうか。この鳥の翼は折れたりしないだろうか。びくびくしながら機内に乗りこむと、隣の席には私以上に怯《おび》えきった少女がすでに腰かけていた。騒音、扉《とびら》の閉まる音、エンジンのうなり……ついに最後の瞬間がやってきたような気がして、私は体をこわばらせ、シートにしがみつくようにしていた。

飛行機が離陸したのは午前十時ごろだった。家々が、港が、海が雲に包まれていくのを見ながら、涙が止まらなかった。もうおしまい。未知の未来から逃れるために飛び降りるには、もう遅すぎる。子供のころのアルバムでもめくるように、イメージを伴《ともな》った思い出が次から次へと胸をよぎった。学校、友達、この世を去った祖母たち、祖母たちのやさしい手のぬくもり、家を出るときに祈ってくれていた祖父、この飛行機を見あげているにちがいない母と、母の妹。ひとりきりで、誰の助けもなしに旅立っていく私を思って泣いているだろう。たったの十五歳で、見知らぬ家と、見知らぬ男の世話をするために、テレビでしか見たことのない国に旅立つのだ。

機体が雲に入りこんでしばらくすると、乗務員の女性がトレイにのせた食事を運んできてくれた。隣の女の子は手もつけずに、ただ恐ろしそうにトレイを見ていた。

「食べないの？」

「食べない。だって、お金を持ってないから払えないもの」

突然、寂しさが吹き飛び、笑いだしてしまった。私はおじから、機内で出される食事はチケット代に含まれているから食べるんだよ、と言われていたが、隣の女の子には、誰もなにも教えなかったようだ。

「私もお金なんて持ってないわ。でも、ここでは払わなくていいのよ」

私の言葉に納得できないようだったので、乗務員の女性に確認すると、彼女も安心して食べはじめたが、ふたりとも緊張で胃がきりきり締めつけられており、もともとなにかを食べるような心境ではなかった。私と同じくらいの年頃の彼女はプル族の出身で、親の決めた結婚のために初めてひとりでフランスに行くことになったのだが、これまで一度も「夫」に会ったことがないと言った。彼女の夫も、私の夫も空港で待っているはずだが、わかっているのはそれだけ。どこかしらに連れていかれるのだろうけれど、どこなのだろう。謎《なぞ》だらけだった。

もし彼が空港にいなかったら完全に途方に暮れてしまうだろうと不安になると同時に、彼がいなければ飛行機に乗って引き返せるかもしれないと、ほんの少し、その可能性に賭《か》けたい気持ちにもなった。

乗務員の女性はアフリカ人で、何度も「大丈夫?」とやさしく声をかけてくれた。彼女たちは、なぜ子供だけで飛行機に乗っているのか疑問に思っていたのだろうか、それとも、事情をよく知っていたのだろうか。

まもなく飛行機が着陸するというアナウンスの声が聞こえてきたとき、窓の外にはもう太陽は見えなかった。悲しみに輪をかけるように、灰色の雲しか見えない。まだ午後だというのに、空港はすでにすっぽりと闇に包まれていた。

初めて降り立つ異国の地。右も左もわからない。しかしおじは大事なことを教えてくれていた。どうしたらよいかわからなくなったときには、ほかの人と同じようにしなさい、どこに行けばいいかわからなくなったら、人の波についていきなさい、と。

税関でパスポートを見せると、じろじろ見られたすえに通されたが、隣に座っていた女の子は書類が完全でなかったのか、少し待つようにと言われ、そこで彼女と別れることになった。

空港は白人であふれかえっていた。ダカールではときどき見かけたものの、白人をこんなに間近に、しかも大勢いっぺんに見るのは生まれて初めてだった。なぜ白人の女の人たちの髪は長くて、しなやかで、美しいの？　なぜ私の髪は縮《ちぢ》れているの？　それに、なぜ白人の人たちの鼻は長くて、つんと上を向いているの？　なにより圧倒されたのは彼らの目だ。青い目や緑色の目。目が緑色をしているなんて、「猫の目みたい」とショックだった。緑色の目の人とすれちがいざま目が合うと、彼らがじっと目を見つめてくる。それが私は怖《こわ》かった。

再びひとりぼっちになって心細い気持ちで人の波について歩くうちに、荷物をのせたベルトコンベアを見つけた。人が手で運んできてくれるものとばかり思っていた私は、自動的に流れてくる荷物を見て仰天《ぎょうてん》してしまった。でも驚きを顔に出してはいけない。なんにも知らなくても、なんでも知っているような顔をしていなければいけない。自分の荷物を見つけると、横にいた男性が「あなたの荷物ですか？」と言って、私のために取ってくれた。そして親切にも、出口は上ですよ、と教えてくれた。

言われたとおり上にあがるためにエスカレーターに乗った瞬間、自分のなかで、予想もしていなかったことが起きた。これ以上、進みたくない。戻りたい。それしか考えられなくなった。上まで着いたら、そのまま下りのエスカレーターに乗って引き返そう。ところがエスカレーターがあがりきったところに、こちらに向かって合図を送ってくる男たちがいた。夫が友達ふたりを伴《ともな》って待ち構えていたのだ。

その三人の男たちを見たとき、もう後戻りはできない、彼らに従うしかないと思った。いい旅だったか、元気か、家族はどうか、などと聞いてくる男たちに、私はにこりともせず、ただ握手で答えた。そしてタクシーに乗り、パリのポルト・ド・リラに向かった。

第五章

パリでの生活

パリの東南、ポルト・ド・リラの小さなアパートに着いてから、私は孤独と寂しさで泣いてばかりいた。夫は朝早く家を出て夜にならないと帰ってこなかったので、日中はひとりぼっちだった。小さな寝室と居間、コーナーキッチン、バスルームとトイレしかない狭い空間で、ひどく窮屈《きゅうくつ》な思いをしていた。しかし、新しい世界についてなんの知識もなく、知り合いもなく、行く場所もない私は、どうしても通りに下りていく勇気が持てず、建物だらけのグレーの世界を四階の窓からぼんやりと眺めて過ごしていた。夫は家でじっと自分の帰りを待ち、なんの進歩も見せない私におそらく満足していただろう。

初めて外の空気を吸ったのはパリに着いてから二週間後、夫がそれまで暮らしていた移民のコミュニティの人々に挨拶《あいさつ》をしに行ったときだった。

そこでは六人の男が狭苦しい部屋にひしめくように暮らしており、その全員が父親のような態度で私を迎え入れ、いきなりあれこれと忠告を浴びせかけてきた。

「夫の言うことはよく聞くんだぞ。フランスでは夫こそが、おまえの父親であり母親だ。おまえは夫に従い、なにをするにも夫の許可を得なくてはいけない。ひとりで外出してはならない。だれかれかまわず人と口をきいてはならない……」

帰り際、夫が肉を買うためにアパートの一階にある肉屋に立ち寄った。初めて会う年配の白人夫婦と顔を合わせるのが恥ずかしくてもじもじしていると、奥さんがやさしく話しかけてくれた。そして、私がフランス語で返事をするとびっくりしたような顔をして喜んでくれた。夫は当時、フランス語がほとんど話せなかった。

「よかったら、ときどき下りてらっしゃいな。おしゃべりでもしましょ」

温かい言葉をかけられ、勇気づけられた私は、この肉屋の夫婦をときおり訪ねるようになった。とはいえ、「環境の違う土地に来て大変ね。向こうに比べたらこっちは寒いでしょ」など と奥さんはあれこれ話しかけてくれるのだが、私はただうなずくだけ。スツールに腰かけて人が行き過ぎるのをぼんやり眺めている姿を見て心配になったのだろう、奥さんは私をなんとかフランスの生活に慣れさせようと努力してくれた。

ある日、奥さんが言った。

「うちの店によく来るお客さんでね、あなたと同じセネガルの女性がいるの。いつもにこにこしながら挨拶《あいさつ》する、とても感じのいい人よ。今朝も買い物に来たから聞いてみたら、すぐ近くに住んでるんですって。彼女なら同じ国の人で、同じ言葉を話すし、仲良くなれたらあなたも少しは寂しくなくなるんじゃないかと思って」

その一時間後、同郷《どうきょう》の彼女がお店に姿を現したとき、私は言葉では言い表せないくらいほっとしてスツールから降りたのを覚えている。やっと自分に似た人、同じ国で生まれた人と知り合えた。しかも、彼女はソニンケ語を話す。私は姉妹と再会したような気がして、天にも昇る気持ちだった。

「明日からは、あなたの家まで迎えに行くから待っていて。一緒に市場に行きましょう」

彼女との出会いで元気を取り戻した私は、朝早く起き、夫が仕事に出かけるや大急ぎで家事を済ませ、この女性と一緒に外に飛びだした。

嬉しいことに、その彼女がダカールから来た女性を紹介してくれたおかげで、私にはパリでの生活の手引となってくれる友人が一気にふたりもできた。そのうち夫からもマリ出身の女性をふたり紹介された。彼女たちはフランスで初めて会う一夫多妻の女性たちで、ふたりともアフリカ人家庭で家政婦として働いており、私がなにもしていないと知って手伝わないかと誘ってくれた。四人も友達ができたことで、私は最初のころの孤独からは解放された。

ポルト・ド・リラのアパートは家賃が高かったため、すぐに別のところに引っ越し、一九七六年四月には、ひと部屋しかないさらに安いアパートに引っ越した。月々の家賃が百五十フランで、なんとシャワーもついていない部屋だった。それでもどうすることもできないうえに、フランスに来て三か月後にはすでに妊娠していた。私はなんとか手に入れたたらいと手桶《ておけ》で体を洗うしかなかった。

体調の変化に気づき、夫に病院に連れていってもらったのだが、吐き気がしても、それがつわりのせいだと知らなかった私は妊娠など想像もしておらず、ただただ驚いてしまった。

結婚して子供を産む。これはセネガルの女性にとって究極の人生の目的で、いくら夫を愛せないとはいえ、私も母親になると思うと嬉しかったし、幸せでもあった。十六歳という若さで出産するのはセネガルでは特別ではなかったので、年齢のことは気にならなかった。ただ、フランスに来たばかりで、まだ新しい土地に慣れもしないうちに母親になろうとしていることが不安でたまらなかった。夫は妊娠を知って嬉しそうではあったけれど、子供はいつごろほしいとか、何人ほしいとか、そういった話をしたことなど一度もなかったし、そもそも彼に対して相変わらず夫婦としての感情を持てずにいた。それだけに夫を頼ろうという気になれず、周囲にも話のできる相手がいないことが心細かった。友達ができたとはいえ、やはり幼なじみとは違う。同じ環境で育ち、いろいろな経験を共有してきた友達が近くにいないことが、妊娠を知ったことでよけいに寂しく、つらく感じられた。

その寂しさを埋め、不安を取り去ってくれたのが、同じ建物に住むフランス人の女性だった。引っ越しの日、中庭にゴミを出しに行くと、「こんにちはも言えないのかしら？」と声をかけてきた女性だ。

「すみません。こんにちは、マダム」

これがフランス人の「お母さん」との出会いだった。セネガルにいる母と同じくらいの年頃で、名前はニコル。彼女はその日から毎日のように会いに来てくれて、そのうえ世話好きのご主人も紹介してくれた。

「なにか頼みたいことがあったら遠慮なく言ってね」

彼女のやさしさには涙が出るほど心を打たれた。当時、周囲に住むアフリカ女性はごく少数しかいなかったが、この地区では拒絶されたことも、人種差別を感じたことも一度もない。いやな思いをしたといえば、通っていた産婦人科医のマダム・ローザくらいだ。

「信じられないわ。あなた、まだ子供じゃない。子供を産むには若すぎるわ」

食事も作れるし家の片づけもできるし自分では一人前だと思っていたが、たしかに十六歳の私は精神的にも肉体的にもまだ子供だった。初めての診察のときから医師は私の性器が切除されていることに気づいていたに違いないが、私にはなにも聞かず、診察のあと話をする相手は夫で、夫があとで医師の話の内容を私に伝えてくれることは皆無《かいむ》といっていいほどだった。

子供の誕生が控えているというのに、交わす言葉といえば実務的な事柄のみ。同じ屋根のしたで暮らしていても、夫婦らしい会話もなければ信頼関係もない。私にとってこの男性は遠い従兄弟《いとこ》のひとりで、ちょっと知っている人。ふたりのあいだにできる子供を身ごもってもなお、それ以上の感情はどうしても持てなかった。憎しみもないかわりに、やさしさも愛情もわいてこない。感情があるとすれば、悲しいかな、無関心のみ。

ときどきアフリカから便りが届くと、読み書きのできない彼にかわって私が読み聞かせていたが、なかには、かつて住んでいた移民のコミュニティの住宅に持っていって誰かに読んでもらっているらしい手紙もあった。誰から来た、どんな内容の手紙なのか私はまったく知らなかったけれど、自分には関係ないことと、夫に尋《たず》ねようとさえ思わなかった。

夫との暮らしは不満だらけではあったが、母にはいっさい不平を漏らさなかった。妊娠したことさえ、しばらくは伝えなかった。遠く離れている母親に知らせるべきなのかどうか、わからなかったのだ。なにをするにも、私にはお手本にすべきものがなくなってしまっていた。アフリカにいたとしたら、なにも言わなくても家の女性たちは私の体の変化に気づいただろうし、私より先に、あれこれと必要なことをしてくれただろう。

妊娠がわかってしばらくすると、つわりに悩まされ、たびたび吐き気に襲われた。ヨーロッパの食事に慣れていないこともあって、ほとんどなにも食べられず、生まれ育った土地の食事が日に日に恋しくなり、アワや米や魚の料理が無性に食べたくなった。ある日、どうしてもがまんできなくなり、夫に頼んでアフリカの食材を売っている食品店に連れていってもらい、クスクスを作るためのセモリナ粉などを買いこんだ。その日、私は生まれて初めて雪というものを見て、足を滑らせて尻もちをついてしまった。雪という言葉さえ知らなかった私は、母に宛《あ》てた手紙のなかで、「今朝、パリに氷が降りました」と書いた。

アフリカの太陽に慣れている私にとって、パリの冬は長く、暗く、初めて経験する寒さは本当に厳しいものがあったが、幸い、同じアパートに住む人たちとのあいだには温かい交流があった。パリのお母さん、ニコルとご主人、チュニジア人の夫婦、スペイン人の女性、娘がふたりいるフランス人の女性、そして、みんなから「おばちゃん」と呼ばれている女性。彼女は高齢だが、いつも白い服を着て、お化粧もして、おしゃれにしていた。「おばちゃん」は建物の入り口に面した部屋の窓から人の行き来を眺めているのが好きだった。年金生活をしていても、冗談を言ってはころころと笑い転げている明るい彼女を見て、私は肌の白い祖母を見つけたような気分だった。

おばちゃんは私の夫を「バンブーラ」と呼んだ。聞いたこともない名前がおかしくて私が笑っていると、ニコルが若いころに読んでいたという本についていたバナニア（ココア入り飲料。セネガル狙撃兵をモデルにした広告は、人種差別論争により七〇年代終わりにイメージを変更した）の広告を見せてくれた。私はこうして、白人が黒人をどんなふうに風《ふう》刺《し》しているのか知った。彼らにとって私たちは「バンブーラ」。私たちにとって彼らは「トゥーバブ《白人》」。植民地で生まれた言葉らしかった。軽蔑的なニュアンスなどなにもない、単なる言葉だ。私がフランスに来たころは、この言葉になんの悪意もなかった。まわりの白人の人たちは、みんな私たちにも敬意を示し、やさしくしてくれた。きちんと挨拶《あいさつ》を交わし、お互いに役に立つことがあれば助け合った。ニコルもおばちゃんも、私のことは名前で呼んでいた。

それなのに、そんな彼女たちにさえ私は心を開けずにいた。彼女たちにとっては私はまだほんの子供でも、家ではすでにひとりの女性で、しかもまもなく母親になろうとしている。そんな気負いがあったせいだろうか。故郷で受けてきた教育や、身についた慎《つつし》み、それに傲慢《ごうまん》さや警戒心もあったのかもしれない。たとえ同じフランス語という言語を話しても、アフリカとフランスでは文化も伝統もまったく違う。アフリカでは、「おばちゃん」のような高齢の女性がひとりきりで暮らすことなど考えられない。人助けの心と敬意はもっとも大切な資質とみなされ、高齢の女性がひとりで歩いている姿を見かけることさえなかった。セネガルでは、のどが渇《かわ》いたときにすぐ水をあげられるように高齢者には必ず横に子供がついており、万が一、ひとりで荷物でも持って歩いていれば、誰かが必ず走りよって手を貸すのがふつうだ。私が最初にショックを受けたのは、フランスには高齢者に対する敬意や愛情、支えが欠けていることだった。だから私はフランス語は話しても、ありきたりの話題に入っていくだけで自分自身のことについてはほとんど話さなかった。セネガルでの暮らしについて少しだけ「お母さん」に話をするようになったのも、ずっとあとのことだ。それでも「お母さん」は妊娠中ずっと私を気遣《きづか》い、買い物に行くときには必ず、「なにか必要なものはない?」と声をかけてくれた。

ある日、「お母さん」が、ふたりの息子が使っていたものだと言って、生まれてくる赤ん坊に必要なタオルや肌着などを袋いっぱいに持ってきてくれた。ニコルの長男は私と同い年ということもあって、彼女にとって私はまだ学校や公園を走りまわっている少女にしか見えなかったのだろう。夫にも赤ん坊に必要なものを細々《こまごま》と説明してくれた。そんな気配りにあふれた「お母さん」に私はついつい甘えてしまい、建物のなかでなにかわからないことがあるとすぐに相談しに行き、蛇口《じゃぐち》の具合が悪かったり電気に問題があったりすると日曜大工が得意な彼女の夫、フランソワに救いを求めた。未知の国に移り住んですぐに、ニコルとフランソワのような心やさしい親切な人々と知り合えたのは、私にとって大きな幸運だった。

六月のはじめ、具合が悪くなり、繰り返し襲ってくる痛みにも耐え切れなくなった私は、入院して出産を待つことになった。看護師も助産婦も私の幼さに気づきながらも、そんなに驚いた様子ではなかった。当時、移民してくるほとんどの女性が私と同じくらいの年だったことを考えると、彼女たちがアフリカからやってくる若い娘の出産に立ち会うのは、私が初めてではなかったのだろう。

看護師たちは私を気遣い、元気づけてくれた。

「泣かなくていいのよ。病院のスタッフはみんなやさしい人たちばかりだし、なにも問題ないから大丈夫よ」

あるとき、看護師の女性が来て言った。

「いい知らせよ。あなたの出産を担当するのはセネガルから帰ってきたばかりの女医さんなの。彼女はフランス人だけれど休暇でセネガルに行っていて、仕事に復帰したばかり。あなたの国の香りと熱気の残る手で赤ちゃんを取りあげてくれるのよ。私もいつか行ってみたいわ。テレビでしか見たことがないけれど、見るたびに行きたくなるわ」

嬉しいニュースを聞きながらも、あまりの苦痛に自分の国の自慢などできる状態ではなかったが、それでも、故郷から帰ってきたばかりの先生が赤ん坊を取りあげてくれると知って勇気づけられた。お産は激痛を伴《ともな》い、若い年齢のせいか、あるいは性器切除の傷跡のせいか、裂傷《れっしょう》が激しかった。性器切除がのちにどのような障害をもたらすのかなにも知らなかった当時の私は、お産とはこういうもの、苦痛に耐えるのは当たり前のことで、自分の味わった苦痛が特別なものとは思わなかった。

娘は八か月と数日で生まれてきた。おなかのうえに乗せられた赤ん坊を見たとき、私は思わず泣きだしてしまった。セネガルの母にそばにいてもらいたかった。アフリカなら、出産のときには必ず母親や祖母が立ち会い、すぐに赤ん坊とその母親の面倒を見てくれるものだ。

十六歳で産んだ最初の娘の名はムーナ。赤ん坊を腕に抱き、笑いかけ、嬉しそうにしている夫を見て、この子がいれば夫との生活も少しは楽しいものになり、私の感情も少しずつ変わっていくかもしれない、祖母たちが言っていたように、夫を愛せるようになるかもしれないと、むなしい希望と知りつつも、ささやかな期待を抱いた。

お産から一週間して小さなアパートに戻ると、友人やいとこたち、移民の住まいのおじたちが次々とやってきて、赤ん坊が長生きしますように、母親がさらに多くの子宝に恵まれますようにと祈っていった。西洋で花を贈るように、セネガルでは血縁関係の程度によって男たちは現金を、女性たちは砂糖とせっけんを贈り物として持ってくる。

授乳や沐浴《もくよく》など基本的なことは病院の看護師に教わったが、習慣の違いには驚かされることばかりだった。たとえばセネガルの伝統では、生まれてから七日目に赤ん坊の耳元で名前をささやくのが命名式とされており、その前は名前をつけてはいけないことになっているが、フランスでは生まれると同時に、あるいは生まれる前に名前が決まっているのがふつうだ。国の習慣よりフランスの戸籍のほうが優先されることにも私は戸惑《とまど》ってしまった。

生まれたばかりの赤ん坊を前に途方に暮れている私を、フランスのお母さんは本当によく気《き》遣《づか》ってくれた。ゆりかごを用意し、必要なものをきちんと並べ、毎朝、ムーナの沐浴を手伝いに来てくれた。ニコルのすることを真似ながら、私は故郷で祖母たちがしていたことを少しずつ思いだしていった。ムーナは昼間はおとなしいが夜泣きが激しい子だったので、夜になると子守唄を歌い、国でしているようにシアバターで体をマッサージしてあげた。夫も子供はかわいいらしく、ミルクをあげたり、必要なときには手を貸してくれたが、私はあいかわらず無関心のままで、赤ん坊の父親に対しては感じられない愛情を生まれたばかりの小さな命に注ぎながら育児に専念した。

ニコルにとっては十六歳ですでに母親になっている私の姿はショックだったかもしれない。だが、セネガルでは十六、十七ともなれば妻となって子供を産むのは自然なことだった。十二歳で生理がくるなり結婚させられた従姉妹《いとこ》たちもいるし、肉づきがよく、おとなっぽい体型というだけで、まだ初潮も迎えないうちに結婚した女の子もいる。子供時代も思春期もなかったというのに、私はそれを異常なことだとは思っていなかった。

赤ん坊が大きくなるにつれ、ニコルが家に来る頻度《ひんど》が少なくなると、私は責任を感じるとともに、ますます国が恋しくなった。セネガルでは赤ん坊は王様やお姫様のように扱われ、その母親はみんなから大事にされる。小さい子供がいる家では祖母やおばたちがすることを、娘たちが取り囲むようにして見ていたものだった。娘たちはいつでもおばたちに手を貸しながら、同時に、赤ん坊の世話の仕方も学べたのだ。今でも耳を澄ますと聞こえてくる。

「キャディ、せっけんを取っておくれ」

「キャディ、シアバターを取ってきておくれ」

手が必要なとき、私には声をかける人が誰もいない。「おなかのためには、これを食べたほうがいいよ。体を洗うには、これを使ったほうがいいよ」と、あれこれアドバイスしてくれる人もいない。私が住んでいたのは住人どうしが身近な、とても人間的な地区ではあったけれど、昔から知っている人間としか分かち合えないことがある。姉妹や従姉妹、ことさら母が恋しくてたまらなかった。知り合ったばかりの友達とは、昔話や、かつて経験したことなどを話せない。ほんのささいなことでも、「ねえ、あのときのこと覚えてる?」と言って、笑い合えるようなことがない。ひとりぼっちだと感じるたび、私はよく泣いた。腰かけたまま、三十分でも、一時間でも、涙が枯れるまで泣いていた。


夜の夫婦生活は耐えなくてはならない拷問《ごうもん》のようなものだった。行為を強制されているだけで、分かち合うものなどなにひとつなく、私はただあきらめの境地で棒切れのようにじっとしたまま、頭を空っぽにして耐えるしかなかった。

性行為というものが一般的にこういうものなのか、ほかの女性たちも同じような目にあっているのか、疑問を抱くこともなく、ましてや誰かに相談することなど考えつかなかったが、憧《あこが》れのマリーおばさんの生活とはほど遠いものであることだけは確かだった。月明かりに照らされた夜の散歩も、ドライブも、映画も、なにもなく、それなのに夜だけは当然の権利のように襲いかかってくる夫に腹が立ち、少しは放っておいてほしくて私が避けようとするたび、いつもけんかになった。しかし、夫も私も駆け引き上手とはとてもいえないだけに言葉での解決は難しく、私が身を守るためにできることといえば、服を何着も重ね着し、腰巻を巻き、さらにパジャマを着てベッドに入ることくらい。夫は私の抵抗を受け入れることもあったが、強要することのほうが多かった。いやでも受け入れる。これが私たちが教えられてきたことだったからだ。

こうしてムーナが数か月にもならないうちに、私はまた身ごもった。

二回目の妊娠はひどいつわりもなく、最初のときよりは楽に思えた。フランス人のお母さん、ニコルの手を貸りながらの二度目の妊娠生活が始まり、ムーナの小児検診のために妊婦・幼児保護局に通ううちに、看護師たちから通訳を頼まれるようになった。

「あなた、フランス語が上手ね。何々さんの方言を話せる?」

それ以降、小児検診の日はほかのアフリカ人女性の通訳をする日になっていった。移民に対する識字教育や裁縫《さいほう》、料理を教えるソーシャル・センターの住所を教えてもらい、私は赤ん坊を連れて定期的にセンターにも通うようになった。すると、しばらくして裁縫の先生が言った。

「もしよかったら、生徒としてではなく通訳としてクラスの半分を手伝ってもらえないかしら。あなた自身のためにもなると思うわ」

裁縫の好きな私は技能教育を受けつつボランティアで通訳をすることになり、アフリカ人の集団のなかで、少しずつ大事な役目を果たすようになっていった。何枚にもおよぶ家族への手紙を代筆したり、返事を読み聞かせたりしているうちに、どこどこの娘を第二夫人として嫁にほしいというような男性の手紙まで代筆するようになった。

読み書きで人の役に立てることが、私としてはなにより嬉しかった。というのも、身近なマリ人やセネガル人女性のなかで学校に通ったことがあるのは私ひとりだったのだ。彼女たちの夫でさえ読み書きを知らなかった。社会保障の払い戻しや家族手当を要求する書類の準備、病院への付き添いや診断書の解読、それに、赤ん坊に正しく薬を与えられるように、昼間の錠剤《じょうざい》はピンク、夜はブルーと教え、液状であれば必要な量をスプーンで教えたりすることもあった。こうして女性たちの手助けをしながら、私自身も学ぶことや発見することがたくさんあった。水曜日にはみんなで一緒に市場に出かけたが、そこでも通訳を買って出た。しかもニコルがいつもそばにいてくれたおかげで、少しずつ両親のいない寂しさや孤独を紛《まぎ》らすことができるようになった。

知らず知らずのうちに、フランスの行政のややこしさを人よりほんの少し理解できるようになっていた私は、アフリカからの移民の小さな集団のなかで、彼女たちのちょっとしたガイド役になっていた。

アフリカ人の夫に頼まれて家族手当や妊娠特別手当の書類を書きこんでいるうちに、移民の男たちの世界がどのように機能しているか、そのからくりもしだいに頭のなかで明らかになっていった。アフリカ人夫婦の諍《いさか》いの原因は、ほとんどが家族手当の分配にある。というのも、すべてが夫の名義になっており、夫が妊娠特別手当や子供たちの手当までポケットにしまいこんでしまうのだ。私はその事実を知って、なんと厚かましいことだろうと腹が立った。夫が受け取っている金についてまったく知らない妻や、外出するときに十フランすら持っていない女性もいた。夫がすべての財布を握り、自分の好きにできるように買い物を引き受けている場合、妻は夫の許可がないかぎり、子供たちのためにヨーグルトひとつ買えず、ましてや自分のために下着を買うことなど到底できない。私の夫は家にお金を持ち帰り、どう使うかをふたりで決め、必要なときのためにと銀行に預けておくこともあって、この手の問題は経験していなかった。のちに、私の思い違いだったと知ることになるのだが、少なくとも最初のうちは、こうした問題からは免《まぬが》れていると思っていた。

当時、私はよく、ある店に出入りしていた。フランスに慣れないうちは夫が買い物をしていたが、二年もするとひとりで買い物に行けるようになり、いったん夫から離れると饒舌《じょうぜつ》になった私は、その店に集まる女性たちとも仲良しになった。新しい自分の居場所を見つけたのだ。ある日、仲間のひとりから、しばらくのあいだ仕事を代わってくれないかと頼まれた。駅の事務所で記録を整理するアルバイトだったが、本物の支払い証明書がもらえる仕事。自立の第一歩になるかもしれないと、私は彼女の申し出を受けて働くことになった。年代ごとに書類を丹《たん》念《ねん》に整理していくだけの、楽しくも興味深くもない仕事だけれど、私にとっては生まれて初めての、記念すべき本当の仕事だった。

初めて支払い証明書を手にしたとき、すぐにある考えが浮かんだ。セネガルを離れるときから思い描いていたこと。どうしてもフランスで暮らさなくてはならないのなら、仕事をして得たお金で母や姉妹の生活を楽にしてあげたい。これは目的でもあり、自分に対する誓いでもあった。

セネガルにいたときは、十歳を過ぎたころから私も姉も、家からほぼ一キロ離れた集合水道に水を汲《く》みに行っていた。この集合水道がそれぞれの地区にできるまでは、あちこちに井戸がたくさんあった。水浴びをするにも洗濯をするにも、なにをするにもこの井戸水を使っていた。水が不足することは一度もなかった。ただ、水汲みは重労働だ。綱《つな》で手はすり切れるし、重いバケツを持ち上げるにはかなりの力が必要だ。しかも、地区の井戸に女たちが集まると、すぐにけんかになった。若い女の子たちは口論だけではすまず、叩《たた》き合いになった。「私が先にバケツを置いたのよ。なんでうしろに動かすのよ」といった、ばかばかしいことから始まるが、それは言い訳で、過去の恨《うら》みを晴らすために火花を散らし合うのだ。

祖父と父が、家の庭に井戸を掘らせてからは、水浴びや洗濯に使う水は庭の井戸で足りたが、料理に使う浄化水だけは、やはり一キロ離れた集合水道に汲みに行かなければならない。私はこの重労働から姉妹を解放してあげたかった。母に水道をプレゼントしたい。地区の水道網から直接、家に水道を引く。なんてぜいたくなことだろう。

私は初めてのお給料を受け取ったその足で郵便局に走り、母の家の隣人に電話をかけた。セネガルを発つとき、母の家に電話がないのを知っている隣人は、「いつでもうちに電話していいのよ」と言って電話番号を紙に書いて渡してくれた。父親はアフリカ西部ベナンの出身、母親はフランス人で子供たちはみな白い肌の、とても親切な家族だ。

高い電話代を考えるとめったに電話などできなかったが、ひとつ夢を叶《かな》えた私は、一刻も早く母に伝えたいという気持ちを抑えられなかった。例によって長々とした挨拶《あいさつ》に続いて、孫娘と、そして娘である私の近況報告、そしてやっとのことでよい知らせを伝えられた。

「お母さん、少しお金を送ったの。そのお金で家に水道を引いてね」

「神様のお恵みで、あなたがさらに稼げるようになりますように」

娘から援助してもらったときの母親の祈りは、どこの母親でも同じだ。たしかに今のところ神様は水道を引くお金くらいしか与えてくださらないが、これはほんの始まりで、もっともっと稼げるようになろうと心に決めていた。

水道が取りつけられると、家族みんなからの手紙が届いた。手紙といっても半分はそれぞれの挨拶で埋まっていて、最後のほうにやっと、「水道が取りつけられて、家で水が使えるようになりました」とある。

私はこのお給料のうち水道代を除いた分を、おばたちと祖父に振り分けて送った。

その一週間後、祖父から来た手紙には、「こちらはみな元気です。お金を受け取りました。

神に感謝します、本当にありがとう。神のご加護がこれからもありますように。きみが健康で、長生きできますように。そして今以上のものを神がきみに与えんことを」と書かれていた。

この謝意を解釈すると、もし神がきみにさらなるお金を与えないと、きみは我々を十分に助けることができない、という意味だ。

姉妹の話では、水道がついた日、母がいつものように気前よく近所の人たちを家に呼び、みんなにバケツ一杯分の水をおみやげとして持たせると、翌日、父はこう抗議したという。

「自分のしたことがわかってるのか？　月末には水道代を誰が払うと思っているんだ？」

それに対して母は「神は偉大です」とだけ答えたらしい。

一九七七年、ふたり目の娘キネを産んだ。赤ん坊は四キロの体重で元気に生まれてきたが、この出産では初回よりさらに裂傷《れっしょう》がひどくなり、尋常《じんじょう》でない痛みを味わった。

子供がふたりになっても、私たちは依然として、ひと部屋だけのアパートに住んでいた。ゆりかごがふたつ、大きなベッドがひとつ、タンスがひとつ。キネが生まれたとき、ムーナはたったの十か月だった。ちょうどこのころ、故郷の村から鍛冶屋《かじや》階級の従姉妹《いとこ》がパリの郊外に越してきた。私よりずっと年上だったが気が合って仲良しになり、家に頻繁《ひんぱん》に顔を見せるようになった。

一九七八年、まだ十九にもなっていないのに、私は三人目を身ごもっていた。最初の娘が生まれたのが一九七六年、ふたり目が七七年、そして三人目が七八年に生まれようとしている。

妊婦・幼児保護局の顔見知りになったフランス人の女医さんは言った。

「あなたフランスに来てから年にひとり子供を産んでるのよ。信じられないわ。どうやって育てていくつもりなの？」

彼女は私がどんな家に住んでいるかも知らなかった。たったひとつの部屋に置かれているふたつのゆりかごが、まもなくみっつになり、まんなかに置いた夫婦のベッドはカーテンで仕切られているだけ。祖父の家でも両親の家でも、女性や子供たちの生活環境はずっと快適だった。この先どうなっていくのかと思うと不安で胸が締めつけられ、三人目を身ごもっているあいだに体調を崩し、食欲が落ちて衰弱《すいじゃく》した私は入院しなくてはならなかった。しかし医師も頭痛以外に特別な原因を見つけられなかったところを見ると、自分でも気づかぬうちに、心身ともに疲労困憊《こんぱい》していたということだったのだろう。

妊婦が入院などした場合には、ソーシャル・ワーカーがホームヘルパーを自宅に送ってくれることになっているのだが、パリの郊外に移り住んできた鍛冶屋《かじや》階級の従姉妹《いとこ》が娘ふたりの面倒を自宅で見てくれると申し出てくれた。ムーナは二歳、キネは十八か月になっていた。

「心配しないで。子供たちの面倒は私がしっかり見るから」

その言葉どおり、約二週間、彼女は娘ふたりの世話をしながら、娘たちと一緒に病院に見舞いにも来てくれた。娘たちの様子はいたってふつうで、なにも不審に思うことはなかった。退院の日にも彼女は自分の夫と娘ふたりを連れて迎えに来てくれたので、そのまま自宅に戻ってみんなで昼食をとった。

たわいない会話の合間に、彼女がなにげない口調で言った。

「そうそう、あなたが入院しているあいだに、ふたりとも割礼《かつれい》を済ませておいたわ。アフリカに行けるようになるまで待っていると、ふたりとも大きくなってしまうでしょ。今のうちにやっておいたほうがいいと思ったの」

一瞬の沈黙のあと、私が彼女に向かって言ったのは、たったひと言。

「そう、やったの?」

怒りもせず、どなりつけたりもしなかった。

この日のことを今になって思い返すと、なぜこれほど冷静でいられたのか、自分で自分の反応に驚いてしまうが、すでにパリで何年も暮らしていたというのに、頭のなかはまだまだ洗脳されたままだったのだろう。セネガルの家族が守りつづけてきた伝統はどこにいても守らなくては、という気持ちが私のなかに強く残っていたのだと思う。施術《せじゅつ》した従姉妹としても、鍛冶屋として、一族のひとりとして、自分のすべきことをしただけ。私も「清められた」アフリカ女性として、単純に、いつかはやらなくてはならないことをしてもらっただけ。もし私が自ら娘たちの割礼はフランスで行うと決めたとしても、いずれにしても彼女に頼むしかなかったし、もしこの従姉妹がいなければ、もっとあとになってアフリカで割礼を受けさせていただろう。そして彼女の言うとおり、あとになればなるほど、娘たちが成長すればするほど、苦痛も、そのあとに残る心の傷も深刻なものになったに違いない。

切除のあとも、まだ若すぎる私にはまかせられないと、従姉妹が毎日通ってきて、ていねいに手当をしてくれた。私が切除のあとをまともに目にしたときには、すでに傷跡になっていた。

新しく生まれた三人目の娘アビも、再び同じ従姉妹の手で割礼されることを承諾《しょうだく》した。アビはそのとき、生まれてからたったのひと月も経っていなかった。母親なら誰でもそうだが、私も施術に立ち会うことはできず廊下に逃げだしてしまった。耳をつんざくような泣き声が聞こえてきた。けれど、私が七歳のときに味わった苦痛とは比べ物にならないように思えた。せめて手当だけでも彼女と一緒にしようと思ったが、生まれたばかりの娘が痛がるのではないかと思うとさわることさえできず、このときも従姉妹《いとこ》が一週間ずっと娘に付き添って手当をしてくれた。

自分から率先して娘の切除を依頼するなど、自分のしたことながら、今となっては考えられない。私はそのとき、自分が切除された瞬間のことは忘れていたのだろうか。伝統や慣習に従うことばかり考えて、私自身もウォロフ族の言うところの「野蛮《やばん》な人間」になっていることに気づかなかったのだ。

疑問を抱きはじめたのは、残念ながら、それから数か月あとのことだった。一九七九年に入ってしばらくしたころ、マリ人の女の子が性器を切除されたために亡くなったと知らされたのだ。

鍛冶屋《かじや》の従姉妹が血相《けっそう》を変えて言った。

「もう切除はしない。もう二度としない」

自分で切除をしたわけではないものの、怖《こわ》くなったのだろう。いいとか悪いとかの判断をするでもなく、ただ「もうしない」と言って、彼女はしばらくしてフランスを離れてしまった。

一九七九年、私は二十歳になろうとしていた。女子割礼《かつれい》に対して疑問を抱きはじめたとはいえ、まだまだ戦闘的な活動をするには至らず、それ以前に「自分自身と闘う」ために、しなければならないことがたくさんありすぎた。

愛情のかけらもない夫との生活は、日に日に息苦しいものになっていた。苦痛に耐えながらベッドのうえで棒切れのようになっている以外の自分をなんとかして見つけるために、考える時間が、休む時間が必要だった。そこで夫に、しばらくセネガルに帰りたい、そうでなければ入院させてほしいと言ってみた。夫はセネガルに帰ることに反論しなかった。

第六章

夫の罠《わな》

一九七九年二月、朝の四時近くに、二か月になったばかりの三女をおんぶし、幼いふたりの娘の手を引いてダカールの空港に降り立つと、父が迎えに来てくれていた。白い長衣《ちょうい》と赤い帽子を身につけた父を見た瞬間、私は涙があふれそうになった。

父とのあいだには、なぜかいつも通じ合うものがあった。別々に暮らしている期間も長く、いつも一緒にいたわけではないが、母からしょっちゅう叱《しか》られていた私を父はいつもかばってくれた。父は、子供たちにも自分の妻たちにも、一度として手をあげたことがない。祖父のほかに男性のお手本がいるとすれば、それは公平で善良な父だった。私がダカールからフランスに旅立つとき、父は仕事でセネガルを離れていたので、父とは五年もの長いあいだ会っていなかったのだ。

日の出とともに、みんなで朝食をとった。生まれた国で、頭上には太陽が輝き、近くに父がいて、目の前には大好きな食べ物がある……私はすでに生き返っていくように感じていた。これで子供たちもようやく自分のルーツを知ることができるのだ。

父に車でティエスの母の家まで送ってもらうと、お祭り騒ぎのような歓迎ぶりだった。家には大勢の親戚《しんせき》が集まり、そのなかにあいかわらず長身でひょろっとした祖父のキシマの姿もあった。私たち母娘を歓迎するために羊が殺され、ご馳走《ちそう》が用意された。夫が近くにいない、なんの心配もなくベッドで眠れる、そう思うだけで息がつけた。呼吸が楽になってくるのが手に取るようにわかった。

生まれたばかりの末娘アビは、子供たちを見にやってきた近所の友達の腕から腕へと抱かれながら、みんなに幸せを振りまいていた。そこには子供時代に自分が味わっていた雰囲気がそのまま残っていた。女性の誰もがみな、区別なく子供たちの面倒を見、かわいがる。隣人でもおばでも近所の友達でも、朝の沐浴《もくよく》を終えた赤ん坊を迎えに来ては日中ずっと世話をして、夕方近くなると返しに来たりする。これはきわめて自然なことだった。アビは生まれたばかりのころ、肌の色がとても明るかったため、パリに住むおじたちを心配させた。ひとりのおじは、私の夫に、本当に自分の子供だという自信があるか、と聞いたほどだ。夫の祖母はとても明るい肌をしていたし、私の母方にはムーア人（北西アフリカに住むベルベル人とアラブ人の混血）の血が流れていたので、家族で気にする者はひとりもいなかった。そもそも、生まれたときに明るい肌をしていても、成長するにつれ、色が濃くなるのはよくあることだ。

ある日、ティエスに完成したスタジアムの落成式に出かけていった日のこと。アビの明るい肌が引き起こした愉快《ゆかい》な勘違いのおかげで、私はひとつ、学ぶことがあった。いかにもアフリカ女らしい格好でアビをおぶり、友達や従姉妹《いとこ》たちと一緒に、何千人もの群集のなかを縫うように歩いていると、突然、ひとりの女性から声をかけられた。

「ちょっと、あなた、雇《やと》い主《ぬし》のお子さんを虐待《ぎゃくたい》でもする気なの？」

どうやらこの女性は、私が雇い主の子供を預かっていると思いこんだようだ。従姉妹が言った。

「彼女はベビーシッターじゃないわ、この子の母親よ」

その女性は笑いだした。

「ごめんなさい、あなた、そんなに若くて母親なの？　それに、あぶなっかしいおんぶの仕方をしてるから。もっとしっかり支えなきゃだめよ」

子供をおんぶするには二本の布帯を使って、一本は腰に、もう一本は腕のしたに巻いて、赤ん坊の足を広げてポケットに入れるような要領で支える。フランスでは、子供の腰の発達に非常に良いと、医師たちからとても評判がいい。私も小児科医からよく、移民の仲間たちにも教えてあげてほしいと言われる。多くの移民女性が赤ん坊を胸元に抱く、カンガルー抱きにしているからだ。とはいえ私も、まだあの当時、セネガルで「バンバダ」と呼んでいるおんぶの仕方をマスターしていなかったのだ。家に帰ってさっそく従姉妹がこの「災難」をみんなに話して聞かせると、家じゅうが爆笑の渦《うず》に包まれた。これこそが、私たちの素晴らしいところだ。

生活は貧しいかもしれないが、みんな幸せに暮らしていた。ブラックユーモアが大好きなセネガル人は、ちょっとしたことに笑い転げ、ささやかなことでもお祝いをする。首都ダカールは近代的な都市に見えるが、セネガルは一人当たりの国民所得が世界でもっとも低い国のひとつだ。そこで生き延びていく鍵《かぎ》は、なんとか切り抜けていく術《すべ》。失業を避けるためにはどんな仕事にも就《つ》ける心構えが必要だし、使えるものは最後の最後まで修繕《しゅうぜん》を繰り返して使いきる。ビールやソーダのふたはおもちゃになり、不要になったプラスチックは紐《ひも》状に切ってカゴやバッグをこしらえる。あとはなにより、愉快に笑うことだ。

音楽、笑い声、伝統的な料理。娘たちは太陽の日差しをたっぷり浴びながら広い中庭でニワトリを追いかけ、壁にぶつかる心配もせずに走りまわり、誰からも大事にされて、母親である私のことさえ忘れるほど楽しそうにしていた。食事の時間が近づくと隣近所の友人たちが手製のご馳走《ちそう》を皿に盛って次々とやってくる。これは、どんなに遠く離れていても忘れていないというなによりのしるしだった。フランスに住んでいるというだけで、ここでは「お金持ち」の部類に入れられてしまうが、故郷でどんな暮らしをしていたか忘れるほど金持ちではない。フランスには社会保障、家族手当、仕事があって、だからこそ食べ物に不自由もしないし、具合が悪くなれば治療も受けられる。でも、この土地に満ちあふれる一族の連帯感や愛情は望めない。家族の愛に包まれ、自由と幸せを満喫《まんきつ》していた私の頭から、しだいにパリ郊外の狭苦しいアパートの暮らしは遠のいていった。

この滞在中に、私は子供たちを連れて祖父母の生まれたソニンケ族の村を訪れた。父の兄弟のひとりが亡くなり、お悔《く》やみに行かなければならなかったのだ。村は、マリとモーリタニアの国境にほど近い、セネガル川流域のバケルという町のすぐ近くにある。猛暑のなか、鉄道、車を乗り継ぎ、プル族の村を横切り、丸太舟に乗り換えて、ようやく村にたどりついた。しきたりに従い、グリオに迎えられた。フーレおばあちゃんのもとで一緒に育てられたふたりの従《い》姉妹《とこ》にも再会した。それぞれおとなになり、母親となっての再会は感動的だった。村の人々は町の人よりさらに温かく、もてなしも厚い。村ではみんながなんでも分け合って暮らしている。一週間の滞在ののち村を離れるときには、私も母も、米、アワ、サツマイモ、トウモロコシ、セモリナにピーナッツと、大荷物を持たされた。つまり、ティエスのすべての地区の、すべての人たちへのおみやげを配るという使命を背負ったわけだ。ひとりひとり、すべてのひとに分け前がある。これがアフリカの連帯感だ。

セネガルの自由な空気のなか、のびのびと楽しく過ごしたあとだけに、パリに戻ったときアパートの部屋はひときわ窮屈《きゅうくつ》に感じられた。朝日に照らされた中庭もマンゴーの木のしたの椅《い》子《す》も、もうなにもない。西洋の生活に再び順応していくだけでなく、夫婦の生活も再開しなくてはならないのだ。子供たちの父親との共同生活。夫婦のベッド、拷問《ごうもん》のような時間。

それでもアフリカにいるあいだに幼いころの負けん気の強さを思いだし、このままではいけないと前向きな気持ちを胸にパリに戻った私は、これまで態度でしか表してこなかった拒絶を、思い切って言葉にして伝えた。

「もうこれ以上、子供はほしくないから、夜の生活も終わりにしたい」

しかし、どこの世界の夫であれ、こんな屈辱《くつじょく》的な拒絶の言葉が受け入れられるはずもなかった。私の決死の発言は一笑《いっしょう》に付《ふ》され、ベッドで棒切れのように横たわって苦痛に耐える生活はそのまま続いた。しかし、頭のすみっこでは、この苦痛からなんとかして逃れるための計画をひそかに考えはじめていた。

当時、アパート代が安かったこともあって、私たちはわずかな節約をしながら毎月アフリカにお金を送っていた。水道をプレゼントしたあとは、念願の聖地メッカへの旅を父に贈りたかった。数日パリに滞在してから飛行機で聖地に向かってもらうという私の希望に、夫も異論は示さなかった。ただ、この狭苦しい部屋に父を泊めるわけにはいかない。ちょうど同じ建物の私たちの部屋の真向かいの、シャワーつきの小さな部屋が空き、三人目が生まれてから夫が家主に交渉しに行っているところだった。

「今度はおまえが行ってみるといい。きっと、おまえの話なら耳を貸すだろう」

私が事務所に入っていくと、家主は目を見開いて言った。

「まさか！　あなたがムーサの奥さん？　年はいくつなの？　三人も子供がいるの？　ご主人はあなたよりずっと年上じゃない！」

私はなにも言わずに、ただほほえみを返した。しかし、おかげで部屋を借りられることになった。一九七九年、月々のアパート代は合計で三百五十フランになったが、これで父がパリに来ても、上の娘ふたりと一緒に、そのひと間のアパートで寝泊まりしてもらえる。私は父が聖地に旅立ったあと、この部屋を避難場所にしようと企《たくら》んでいたのだった。

ところがその年の半ば、父からの電報で、生まれたときから不治の病に苦しんでいた末っ子の弟が十五歳にもならずにこの世を去ったと知らされた。届いた電報には、「弟、死す しかし 予定に支障」とあり、父は聖地への旅をあきらめざるをえないのだと私は理解し、メッカ行きの飛行機もキャンセルしてしまった。

そして、父がパリに来ることになっていた十月のある日、父から電話があった。

「今朝から電話をしているのにどうしたんだ？ 空港に迎えに来なかったじゃないか」

「どうして？ だって来られないって電報に書いてあったから」

「予定に支障なしと言ったんだが、ダカールの電報局が間違えたんだろう。息子は死んでしまった。たとえ向こうに残っていても、生き返らせることはできない。それに飛行機代を無駄《むだ》にしたくなかった」

たしかにアフリカとパリを結ぶ飛行機代は私たちにとってはかなりの出費だった。すでに引退している父はセネガルにいてもすることはない。初めてのフランスということもあり、翌年の聖地への旅を待ちながら、一年間、パリで私たちと一緒に過ごすことになった。私は父がいてくれるのをいい機会に、商工業雇用《こよう》協会の援助を利用して会計助手の資格を取るための勉強を再開した。父に子供を預けるといっても、上のふたりはすでに幼稚園に通っていたので迎えに行くだけでよかったし、父も下の子ひとりの面倒くらいは完璧にできた。しかも喜んで引き受けてくれた。私の家族はみな、仕事を持つために勉強を再開することに賛成してくれたが、夫だけは大反対で、私が学校に行って一日家を留守にすることで新たなけんかが始まった。夫はあいかわらず、女は仕事などしてはならない、家にいるべきだという原則にしがみついていたのだ。

結婚した当初は、妻が外に出て働くなど問題外だし、ちょっとした自立さえ許さない、というのが夫の本心だったのだろう。同じアフリカ人男性でも、国に住む男性と移民とでは、この点が明らかに違う。セネガルでは女性も自由に歩きまわり、家計を助けるために外に働きに出るのがふつうだ。部族や階級に関係なく、セネガルの女性はみな夫や家族に敬意を払うが、行動を縛られたりすることはない。アラブの国の女性たちのようにベールで顔は隠さないが、頭はスカーフで覆《おお》い、きちんとした身なりをして、一夫多妻のシステムとも賢く折り合いをつけて暮らしている。夫は妻が自分の仕事を持とうとするのを決して邪魔《じゃま》したりしない。

それなのに私の夫はセネガルよりずっと進んだ世界であるはずのフランスで、私に『多産な女』という肩書きを勝手につけ、狭苦しい部屋に閉じこめた。なぜか？　情けないことに私はずっとあとになって気づくのだが、多くの移民の男たちと同様に夫もまた、自分の個人的な利益のためだけに、できるだけ多くの家族手当を得るべく、私に子供を次々と産ませていたのだった。

私は自分のおなかを痛めた子供たちのことは心から愛している。子供たちがいたからこそがんばってこられた。お天気のいい日には、四方を壁に囲まれた中庭に出て子供たちを遊ばせながら、近所の奥さんたちとおしゃべりをして過ごすのが習慣になっていたが、三女を腕に抱き、上のふたりの娘があどけない笑顔で遊んでいるのを見ると、夜の苦痛を忘れられた。今思うと、子供たちと過ごす昼間の時間に、一日一日人生をリセットしようとしていたような気がする。しかし、二十歳にもならぬというのに三人も子供を産んだことで、肉体的にも精神的にも限界を感じていたのも確かだ。なんとかしてこの生活を変えたい、愛のない夫から離れて暮らしたいという気持ちは、日に日につのっていった。

成功して自立したいという思いが高まれば高まるほど、やるべきことは増えていった。さしあたって私は会計助手になるための講座を受けながら、お金を稼ぐために家政婦として働いた。バカンスに出る友人に代わりを頼まれて高齢の女性の世話も引き受け、映画やお芝居《しばい》に付き添い、それまで見たこともなかった豪華なデパートにも生まれて初めて足を踏み入れた。それまで私がパリで知っていたのは、チケット一枚で街を一周できるバスだけだった。気分がふさいだり孤独に耐えられなくなったりすると、子供たちの手を引いて周辺循環《じゅんかん》バスに飛び乗り、夫が帰ってくる時間までささやかな旅をした。パリという街を知るだけでなく、美しい建物やテレビで見たことのある有名なモニュメントを見ていると、寂しさを忘れられた。教養のない、みじめな移民のアフリカ女性ではいたくなかった。目をつむってもパリを歩けるくらい、パリの街を知っておきたかった。仕事をするチャンスを与え、人生を成功に導いてくれる街だと信じて。仕事をし、成功し、生活費を稼ぎ、きちんとした職業に就《つ》けるようになったら、飛行機に乗って故郷に帰ろう、当時の私はそう心に決めていた。

会計助手になるための講座が終わりかけていた一九八〇年はじめ、私はまた妊娠した。ちょうどそのころ、夫が働いていた飛行機の部品を作る工場が閉鎖になったために、夫は失業中だった。しかし、神様は私を見放さなかった。偶然知り合ったフランス人の男性が、私に事務所のメンテナンスの仕事を紹介してくれたのだ。パリ八区にある事務所で、自分でも掃除《そうじ》をしながら他のスタッフの管理もするという仕事で、しかも、その男性は夫のためにも同じ建物の管理人の仕事を手に入れてくれた。

そしてその年生まれたのは、初めての男の子、モリー。

移民の仲間たちは男の子の誕生を喜んで「プリンス」と呼んだが、私はきっぱりと言った。「うちにはプリンスはいません」と。私も母と同じように、男の子も女の子もわけへだてなく育てようと思った。娘たちには幼いころから配膳《はいぜん》や後片づけなど家事の手伝いを順番にさせていたが、モリーも物心つくようになってからは姉たちの順番に加わった。

夫は幸い、子供たちの教育に口をはさむことはなかったが、私の仕事に対する野心、それとは対極に、逃げることとしか頭にない夜の生活のせいで、夫とはけんかが絶えなかった。私が稼ぐお金を、私が自分で「図々しくも」管理していることも夫の癇《かん》に障《さわ》った。このころから私は、この結婚は罠《わな》だったのだと気づきはじめた。なんとかこの罠から抜け出なければ。でも、どうやって？　家族はなるべく巻きこみたくない。

四番目の子供を出産したあと体力が回復するまで会計の講座は休まざるをえなかったが、一九八一年の終わり、故郷から手伝いに来てくれた妹のおかげで私は受講を再開し、会計助手の事務機器担当オペレーターの資格を取ることができた。そしていよいよフルタイムの仕事に就《つ》けるのを夢見て、人材派遣の会社に登録した。

この時期、夫のまわりにいる男たちのあいだで、私に対する非難が熱を帯びていった。

「妻の好きなようにさせていてはだめだ」

「女たちは働いてもいいが、稼ぎは夫に渡すべきだ。夫に一銭も渡さずに自分の両親に送ってしまうなんて、そんなのはあってはならないことだ。彼女をここへ連れてきたのは、おまえなんだ。彼女は全部、おまえに渡すべきなんだ」

私の話に耳は貸さなくても、他人の忠告はすんなり聞き入れる夫は、それ以来、私には一銭も渡そうとしなくなった。私は派遣会社からの電話をじりじりしながら待っていた。

そしてついに電話がかかってきた。

パリでももっともシックな地区、フォブール・サント・ノーレ。前年、予定どおりメッカに旅したものの帰りに体調を崩し、パリで入院していた父が、退院して家で静養していた。その父と妹に子供たちを預け、私はスカートとブラウス、それにセーターという西洋の女性のような格好で仕事に出かけていった。生まれて初めて本当の仕事に挑《いど》もうとしていた。そして教えてもらった仕事を最初の週のうちに習得し、難《なん》なくこなしていくうち、奇跡が起きた。臨時雇《やと》いのはずが六か月の契約に延びたのだ。自分が別人になっていくような気がした。シックな地区にある大きな保険会社に勤めている自分は、これまでとは違う、重要な存在に思えた。しかも子供たちの学校が休みの水曜日の午後は、私にも休む権利があり、月に百六十九時間仕事をしているかぎり、みんなと同じ権利があるということが私にはとても嬉しかった。

仕事をしているあいだや、お昼に近くのビストロで同僚《どうりょう》と一緒にランチをとっているあいだは、夫とのけんかも夜の生活のことも忘れていられた。私もここでは、ひとりの人間として認められている。いつかきっと成功してみせる。このとき、私の給料は、管理人を続けていた夫の二倍だった。


家計を助ければ夜は放っておいてもらえるのではないかというひそかな期待をこめて、夫に生活費を渡そうと考えた。

私の反抗心は、しだいに増していった。性器切除、強制結婚、性生活と、これまでありとあらゆる伝統に服従してきたが、義務でお金を払わされるのだけはお断りだった。家計に参加しながら自立していたいと思った私は、ある日、夫に二千五百フランを差しだして言った。

「買い物代を分担しましょう」

ところが夫は軽蔑《けいべつ》したような目でお札《さつ》を一瞥《いちべつ》し、私につき返しながら言った。

「これだけか？」

夫はわざと、髪を結いに来てくれていた友人の前でそう言って、私に恥をかかせた。

「わかったわ。じゃあ、これからはいっさい私に頼らないで。もう、おしまいよ」

年に一度の妊娠も、おしまい。これからは避妊薬《ひにんやく》を飲んで自分でコントロールする。これからは、攻撃されたら応戦しよう。

夫は、私がこうした反抗的な態度をとるのはきわめて深刻な問題で、まもなくおじや従兄弟《いとこ》のコミュニティの前で裁かれることになるだろうと脅《おど》してきたが、私はひるまなかった。

十四歳の妹は私をおおいに支えてくれただけでなく、夫が私に向かって暴言を吐くと、勇敢にも夫を厳しくはねつけることさえあった。父が家にいるあいだは、夫も思いのままに振る舞うわけにはいかなかったようだ。父の目にも私たち夫婦がうまくいっていないのは明らかだっただろうが、私から相談しないかぎり、父はなにも言わなかった。

美しい生地を仕入れてきてフランスで売るために、週末にいとこたちと初めてロンドンを旅行する機会にも恵まれた。自分の世界を広げるため、お金を稼ぐため、前進するためならなんでもしたいと思った。いつも母から「あなたは歩きすぎよ」と言われていたように、歩くのが大好きな私の足は、夫婦の空間を離れるや俄然《がぜん》、軽やかになった。

父が国に戻ってしまうと、妹とふたりで夫に立ち向かわなくてはならなかった。夫はピルを飲んでいることには気づいていなかったが、そうでなくてもけんかの種ならいくらでもあった。けんかの原因がなんであれ、どんなにばかげたことであれ、いつも悪いのは私。夫がおじに向かって不平を言うたび、私はおじからもったいぶった説教を食らうはめになった。

「夫の前では、妻が正しいことはありえない」

私の耳にこそ入らなかったが、夫はこんな忠告も受けていた。

「もしこんな状況が続くようなら、妹はアフリカに送り返すしかない。妹が味方についてるから、いい気になって反抗するんだ。味方がいなくなれば、おまえの妻だってまともになるさ」

つまり、家事や子供の面倒を見てくれている妹を国に追い返しさえすれば、私は必然的に外に仕事に行けなくなり、お金が稼げないから反抗もできなくなって、夫は権力を取り戻せる、そういうことだ。おじの忠告を真《ま》に受けた夫は、それ以来、妹に対してますますひどい態度をとるようになり、事態はいよいよ険悪になってきた。しかも夫は私に隠れて、国にいる家族に電話や手紙で、妹のために家庭がめちゃくちゃになってしまったと言いふらしていた。そんなことも知らず、私は妹がフランスで学校に通い、仕事に就《つ》けるよう滞在許可証を手に入れるための手続きを始めた。その矢先に夫が言った。

「ほら、おまえの妹のアフリカ行きのチケットだ」

私は両親に頼んで妹をパリに留まらせるよう試みたものの、夫から悪い話ばかり聞かされていた両親は、真実はどうあれ、いったん妹を国に戻すのが筋だと言い張り、私の要求は聞き入れられなかった。悔《くや》し涙に暮れながら、このとき私は、夫が私たち姉妹に対してしたむごい仕打ちを、一生、許さないと心に誓った。

この一件については夫だけでなく、夫の取り巻きも恨《うら》んだ。彼らの思惑《おもわく》どおり私は仕事をやめざるをえなくなり、せっかく外に向いて開かれた世界は閉ざされ、私は再び子供たちと家に閉じこめられることになった。妹がいてくれたときは、妹と何時間でも話をしていられたのに、夜、話し相手がいなくなってしまったのもつらかった。夫はそもそも、それも気に入らなかったのだろう。

子供たちの存在だけでつなぎとめられているようなこの結婚は、最初から間違いだったのだ。夫は子供たちには父親らしく接していた。公園に連れていって遊ばせたり、話し相手になったり、彼は彼で子供たちのことは愛していた。どんなに家が狭くても、どんなに子供たちが小さくても、夫婦のけんかは見せない、聞かせないという態度を貫《つらぬ》こうという私の気持ちを、このころはまだ夫もわかってくれていた。しかし子供を愛している、子供を守りたいという共通の感情を抱いているからといって、それで夫婦の仲が親密になるようなことは、私たちにかぎっては、到底ありえなかった。私はどうしてもこの男を愛せなかった。ひょっとして夫婦の性生活に対する激しい嫌悪感は、私自身に原因があったのかもしれない。慎《つつし》みを大切にするアフリカの女性たちは、性生活については告白し合ったりしない。だからこの時期、性行為に対する拒絶感が個人的なものなのか、それとも性器切除による傷害のせいなのか、私にはなにもわからなかった。そのせいかもしれないと漠然《ばくぜん》と思っていても、知りたくもなかった。これが私の運命ならば、知ったところでどうなるだろう。

一九八二年。新学期になって末っ子の息子が幼稚園に通いはじめれば、日中、わずかな自由時間を取り戻せる。新しい仕事を見つけるための唯一の期待がそこに託《たく》されていた。ちょうどそのころ、ボランティアに支えられているパリで初めてのアフリカ人サークルのメンバーであるマリ人の女性と偶然出会い、会合に誘われた。

そこではアフリカの女性たちが読み書きを学んでいた。三回目にそのサークルを訪れたとき、マリ人の女性からボランティアでフランス語の基礎を教えてみてはどうかと提案され、私は喜んで引き受けることにした。サークルには、おしゃべりをしたり、完全に落ちこんでしまわないために胸中を少しだけ打ち明けたりできるセネガル人女性もいた。自分がなにかの役に立てる。とにかくこの小さな女性の集団のなかでやるべきことができ、目的を持てたのだ。

フランスに住み着いてから二度目の里帰りが準備されつつあった。今回は自分の希望からではなく、私が国に帰って両親にみっちりと説教され、少しは従順になってパリに戻ってくるようにと、夫とおじたちが企《くわだ》てた旅だった。男たちに仕組まれた旅であっても、いつでも故郷を恋しく思っている私にとっては好都合だった。

子供たちの夏休みを利用して二か月アフリカに滞在したが、私はこれを機に、争いの絶えない、とげとげしい家庭でなく、私自身が育った愛情に満ちた環境を娘たちにも経験させたいとの思いから、長女のムーナと次女のキネをアフリカの母の家に残し、母にふたりの教育をまかせ、向こうの学校に通わせることにした。彼女たちの未来にとっても、ふたつの文化を知っておくのはよいことだと思ったのだ。

三か月のちにパリに戻った私は、夫たちの企みとは裏腹に、おとなしくなるどころか、支配しようとする夫に憎しみの感情さえ抱きはじめ、夫婦の溝《みぞ》はますます深くなっていった。なによりも、私から仕事を奪うために妹を国に追い返した事実は、いつまで経っても、どうしても許せなかった。

一九八三年、ムーナとキネはアフリカに、三女は小学校に、末っ子の息子は幼稚園に通い、日中の時間を自由に使えるようになった。最初のうちは他の生徒たちと同じように自宅で昼食をとらせるため昼休みに迎えに行っていたが、校長先生が食堂で昼食をとるようすすめてくれたおかげで、半年間、裁縫《さいほう》とフランス語の上級講座に通うことができた。子供を持つ母親のためのクラスは子供たちの学校が終わる時間に終了するので、子供たちをほったらかしにすることは決してなかった。

自分のしたいこと、すべきことだけを黙々とこなしている私を、夫は敵を見るような目でにらみつけていた。そして、暇《ひま》さえあれば私のバッグをあさり、ついにピルを見つけると、それからは私を娼婦《しょうふ》扱いするようになった。

「なんなんだ、これは?」

「薬よ!」

「ははん……子供を作らないために、つまり、男を追いかけるために飲む薬だな。こんなピルなんか飲んでる女は、みんな娼婦だ」

四人も子供がいて、しかも生活に困っている女が、男を追いかけたいなんて思うだろうか。そんなこと、想像したことすらない。ほんの少しでも私の生活に注意を払っていれば、男を追いかける暇などあるはずがないと簡単にわかるだろうに。娼婦と言われても、私にはもう言い返す元気もなかった。なぜピルを飲んでいるのかきちんと説明しようと思えば、耐えがたい性行為、頻繁《ひんぱん》すぎる出産、異常な疲労など、すべての原因をひとつひとつ並べ立てていかなくてはならない。しかし、夫は会話のできる相手ではない。夫を前にして妻が正しいことはありえないと思いこんでいる男には、なにを言っても無駄《むだ》だ。西洋の価値観からすればかなり深刻なことだが、アフリカの価値観、というより、夫が付き合っている移民の仲間たちの見方では、きわめて当たり前のこと。おまけに夫は私より二十も年が上で、学校に通ったこともなく、なにかをじっくり考えようとしたことさえないのだ。

とはいえ、読み書きができないから考えられないというわけではない。その証拠に夫は人に頼んで私を中傷するための手紙を書いてもらい、セネガルに送っていた。しかし、孫娘が男を追いかけまわすためにピルを飲んでいるという侮辱《ぶじょく》的な内容の手紙は、祖父の誇りを刺激した。

「もし彼があえておまえのことを侮辱するなら、おまえの母親のことも侮辱していることになる。わしはあの男に孫娘をやったというのに、あの男はわしの孫娘を虐待《ぎゃくたい》するためにパリまで連れていったのか」

祖父の言葉に私は勇気づけられた。自分の家族の愛情に支えられているとき、私は自分に自信が持てた。信頼してくれないのは、フランスに住む移民の男たちのコミュニティだ。夫はいつも自分が正しいと思い、夫のまわりの男たちも、おまえが正しいのだとけしかける。妻の収入を所有して当然、妻の仕事を妨害《ぼうがい》して当然、毎年、子供を産ませて当然――。とはいえ、夫はもともと悪人というわけではない。むしろ、自分で考えることをせずに人の言うことばかり聞く、お人よしとさえ言えるのかもしれない。

一九八四年、研修が終わって裁縫《さいほう》の資格を手にしたが、頭のなかでは、これはまだまだ始まりで、いずれは服飾デザイナーとしての資格も取ろうと考えていた。ところが、裁断から縫《ほう》製《せい》、仕上げまですべての技術を習得しておきたいと思い専門の学校に通おうとしたものの、すでに定員に達していたため、あきらめざるをえなかった。

家ではけんかの絶えない陰鬱《いんうつ》な雰囲気のなか、鬱々《うつうつ》とした時間だけが過ぎていった。日に日に成長していく子供たちには一生懸命勉強させ、運動もさせてやりたいという思いから、学校が企画する遠足には必ず参加し、晴れた休みの日にはできるだけ近くの公園に連れていって遊ばせるようにしていた。

週のはじめからけんかが長引いていた日曜日、夫に呼ばれたおじのひとりが私を説教するためにやってきた。

「きみのことはまったく理解できない。なぜ人の話を聞こうとしないんだ。きみの夫から聞くかぎり、きみのしていることは間違いだらけだ」

いったい夫はなにを話したのだろう。個人的で深刻なこと？　それとも、どうでもいいようなばかげたこと？　ピルのこと？　性生活を拒否していること？　バスに乗ってパリを旅していること？

頭のなかで、ぷちっと糸が切れるのがわかった。おじたちの説教は聞き飽きた。もう泣くまい、もうなにも聞くまい、もう、おしまいにしよう。私はおじがとうとうと語る目の前でがばっと立ちあがり、ふたりの子供たちを呼んで言った。

「コートを着なさい」

「どこに行くつもりだ？」

「子供たちと公園に行くのよ」

「夫に対する敬意が欠けていると思ったら、おじの私に対する敬意もあったものじゃない。丸くおさめてやろうと、わざわざ出向いてきたというのに」

「丸くおさめてもらう必要なんてないわ。もう、おしまい。へとへとなの。もし本当に神様がいらっしゃるなら、どちらが正しいか裁決してくださるわ」

こうしたつらい諍《いさか》いが続いていたころ、学校が休みになると子供たちを連れて、ノルマンディにいる大伯父《おおおじ》に会いに行った。そこは、私が自由を感じられる、唯一の避難所だった。

この大伯父は母方の祖父の兄で、一九一六年に、セネガル人狙撃兵《そげきへい》としてフランスのために戦いにやってきて以来、この地に住み着いていた。大きな農場に暮らす大伯父は、私にフランスの田舎の魅力を発見させてくれた。

祖父から住所をもらい初めて会いに行った日のことを、私はこれからも忘れないだろう。ある夏の日、畑のトウモロコシは背高く伸びている。そこから出てきた青いサロペット姿の彼を見たとき、目の前に祖父が現れたのかと思って涙があふれた。顔立ちも、ひょろっとした長身で威風堂々としているところも祖父とそっくりなのに、ひとりはセネガルに、ひとりはノルマンディに、離れ離れに暮らしている。当時、大伯父はすでに九十歳だったが、戦争を境に一度もセネガルには戻らず、家族とも再会していなかった。それでも、自分の生まれ故郷が貧しいことを忘れてはいない大伯父は、いつでも家族を助けてきた。

弟の子供たち、つまり私の母やおじやおばの写真が飾られた部屋で、大伯父は私たちに徴兵《ちょうへい》の様子や塹壕戦《ざんごうせん》をどう生き延びたかなど、戦時中の話を聞かせてくれた。

二、三か月に一度は子供のいない大伯父《おおおじ》に会いに行った。パリに戻るときには畑でとれた野菜や果物、バターやクリームなどを詰めこんだダンボールをおみやげに持たせてくれた。

肥沃《ひよく》なノルマンディの土地には私も魅了されたが、それだけに、やせ細った牛が干《ひ》からびたピーナッツのさやや、道沿いに捨てられたダンボールの残骸《ざんがい》をはんでいるセネガルの土地を思うと、世のなかの不公平について考えさせられた。

大伯父は百歳近くで亡くなったが、若いころに初恋の相手であるノルマンディの女性と結婚し、彼女を病気で失ったあと、オートバイの事故を起こしたときに世話をしてくれたという女性と再婚した。二度の結婚には愛があった。

なんでも持っている者もいれば、なにも持てない者もいる。どうしてほかの人たちには得られるものが、私には得られないのだろう。

第七章

一夫多妻

一九八四年、アフリカの母のもとで暮らしている娘たちが戻ってくる少し前のこと、パリにやってきた義理の妹とその夫のおかげで、私の生活が少しだけ活気を帯びた時期があった。明るく楽しい性格のふたりは好奇心も旺盛《おうせい》で、私をパリの街に連れだしてくれた。七月十四日の革命記念日には、彼らと一緒にカルチェ・ラタンに繰りだし、お祭り気分さえ味わった。夫とふたりだったら、決して経験できない時間だった。心の底から声を出して笑ったり、冗談を言い合ったりしたのは、本当に久しぶりだった。

しかし、幸せな気分に一瞬ひたったせいで、私はピルを飲むのを忘れてしまい、一九八五年の年明けは五回目の妊娠と同時に迎えることになった。絶え間ない頭痛と吐き気に襲われ、このときもまた入院せざるをえなかった。カーテンを引いた暗い部屋でほとんど寝てばかりいた私は、医師から、これは拒絶反応による症状だと告げられた。たしかに、現実から逃避したいという気持ちがどこかで働いていたのだと思う。朝、決まった時間に起きて朝食をこしらえ、子供たちを学校に送り届け、家事をし、やるべきことはしていたが、感情がすっかり消えうせ、まるでロボットにでもなってしまったようだったのだ。ただし、生まれてくる子供に対する拒絶反応ではない。されるがままになっていた自分に対する怒り、ノーと言えない無力な自分に対する激怒で、自分自身を拒絶していたのだ。

私がいやがっているのは夫の目にも明らかなはずなのに、それでも妻の体に襲いかかる行為は残酷としかいいようがない。ヨーロッパの女性なら、「夫婦間の強姦《ごうかん》」と呼ぶだろう。しかも私は妊娠していたというのに、愛情のかけらもないどころか妻の体調を気遣《きづか》う素振《そぶ》りもまったくなかった。性器切除をされた女性にとって、性行為を強要されることがどういうことなのか、夫は知っていたのだろうか。八年のあいだに五人の子供を妊娠する大変さが、夫にはわかっていたのだろうか。

出産直前の診察のとき、医師は言った。

「これから出産までのあいだはできるだけ歩いてください」

ある朝、どうしてもセネガル風の魚料理が食べたくなった私は、米や魚、スイバなど必要な食材を求めて歩きまわり、自分で料理をして食べた。夫は一緒に食べようとしないばかりか、話しかけてもこない。夫はちょっとした手術をしたあとリハビリと称して数週間アフリカに帰っていたのだが、パリに戻ってからというもの、よそよそしさが目立つようになり、口をきく回数もますます減っていた。夫とおじたちの会話にも気にかかることがあった。私の知らないところでなにかが起きていることは確かだったが、私も聞かないし夫もなにも言わなかった。

出産を控えた土曜の午後、私は幼いふたりの子供を連れて散歩に出ようとしていた。

「どこに行くんだ？」

「散歩よ。医者からできるだけ歩くように言われてるの。テンプル通りのブティックを眺めに行ってくるわ」

六月の、とても暑い日だった。テラスに腰かけて子供たちと一緒に冷たい飲み物でのどを潤《うるお》していると、夫がやってくるのが見えた。数日前から、私になにか話そうとしながら、なかなか言いだせずにいることはうすうすわかっていた。私の勘が当たっているとすれば、苦痛から解放されることになる嬉しいニュースのはずだった。夫は腰かけるなり、ぶっきらぼうに言った。

「アフリカで二番目の妻をめとってきた」

やはり勘ははずれていなかった。

「よかったわね。その女性とはきっとうまくいくわよ」

「冗談を言ってるんじゃないぞ。本当のことだ」

万が一夫を愛していたら、ショックを受け、心を痛めただろうが、私は心からほっとしていた。新しい妻が来れば、そのぶん夜の義務は減る。その間に私は子供たちを連れて逃げだす準備を始め、そして離婚する。このひそかな計画がいよいよ具体的になるのだ。私は内心、やった、と声をあげていたのだが、それでも夫の告げ方は気に入らなかった。出産前に、しかも、ふらっとやってきたテラスで告げるなんて、相手に対する敬意に欠けるどころか、図々しいにもほどがある。

私はなにも言わずに席を立ち、自分で飲み物代を払って、夫を置き去りにして散歩を続けた。その日からちょうど二週間後、私は四女となる女の子、ビンタを出産した。性器切除の傷跡のせいで、このときも裂傷《れっしょう》がひどく、またしても想像を絶する苦しみを味わった。

出産後は、赤ん坊の面倒を見ながらできる仕事をしようと決め、中古のミシンを買い、洋裁《ようさい》店《てん》の下請けとして日がな一日、ネクタイの仕立てに精を出した。夫はこの時期、セネガルからやってくる二番目の妻を受け入れる準備をしながら浮かれていた。人から伝え聞いた話では、彼女は私がパリにやってきた年と同じ十五歳ということだった。私はそれを知って、以前、夫や男たちが口にしていたことを思いだした。

「学校に行った女より、読み書きのできない女をめとったほうがいい」

「服従させるのに問題のない、若い娘をめとったほうがいい」

その年が終わりに近づいたころ、ボランティア団体で友達になったマダム・ドラキテからかかってきた一本の電話は、再び私を外の世界に連れだしてくれる嬉しいきっかけになった。

「移民相互サービスが通訳を探しているの」

家では裁縫《さいほう》の仕事を続け、赤ん坊を抱いて授乳の時間を調整しながら、通訳のために病院や妊婦・幼児保護局それに裁判所を走りまわる生活が始まった。

そしてビンタを出産した年の学期末には、アフリカの母に預けていた長女と次女がフランスに帰ってきた。私たちの部屋と父が使っていた部屋に子供たちを振り分けても狭苦しいことに変わりはなかったが、幸い、子供たちは私の潔癖症《けっぺきしょう》を受け継いだのか、幼いころから口うるさく繰り返してきたのがよかったのか、片づけだけは徹底していたので、子供が五人いても、いつも部屋のなかはさっぱりしていた。

この時期、休みの日になると子供たちみんなを連れてディズニーの映画を観に行った。『ダンボ』『不思議の国のアリス』『ライオン・キング』『アラジン』……映画のあと、レストランで食事などはとてもできなかったが、ファーストフードだけは食べさせたくなかったので、セルフサービスの安いお店に連れていき、それぞれ好きなものを好きなだけ食べさせた。テレビゲームも、買えないだけでなく私の方針として与えなかったけれど、子供たちは身のまわりに遊び道具を見つけて、男一人女四人のきょうだいがみんな仲良くしていた。たまにけんかすることはあっても、一日でも早く生まれた人に敬意を忘れないこと、という私の教えをよく守り、私が仲裁《ちゅうさい》に入るまでもなく子供たちだけで解決していた。手のかからない、聞き分けのよい子供たちに恵まれ、その点では私は幸せだと思った。

貧しいながらも幸せ。とはいえ、お金がないのは現実問題として厳しいものがあった。夫は私に給料をよこせと何度も繰り返した。二番目の妻の到着に備えて出費もあるのだろうと思ったが、私にしても家のために夫と同じくらい出費しているのだから、渡すわけにはいかなかった。

「妻なら誰だって給料を夫に渡しているんだ。それがふつうなんだぞ」

「ほかの人がそうしてるからって、私には通用しないわ」

どうやらほかのアフリカ女性たちは反発することがないらしい。彼女たちは気の毒だが、私は私のために闘うしかない。


一九八六年二月、いよいよ二番目の妻がやってくると夫から告げられ、それを機に、もともと夫婦が使っていた部屋に私と子供たち五人、父のために借りた向かい側の小さな部屋に新しい妻が入ることになった。離婚を心に決めていた私は、自分の計画を実行に移せる日が近づいたと知って嬉しくてたまらなかった。収入は月五千フランほどしかないが、家族手当と合わせれば、なんとかやっていけるだろう。

二番目の妻がフランスに上陸したのは、雪の舞う日だった。私はボランティア団体や移民相互サービスで一緒に仕事をしている友達を招いて、彼女を歓迎するパーティを催《もよお》した。私が嫉《しっ》妬《と》していると言いはじめた男たちもいたので、この件にはまったく無関心だと夫に知らしめたい気持ちもあった。

ところが、そのパーティの翌日から彼女は寝こんでしまった。お世辞にも美人とは言えない、小柄《こがら》な少女だったが、なにより驚いたのは彼女の態度だった。友好的でないばかりか愛想もなく、そもそも口をきかないのだ。

到着から四日目、彼女の父親が姿を見せた。それでも彼女はベッドに横たわったままで、九歳になる二番目の娘キネが果物をのせた盆を持っていったときも、手をつけるどころか、ありがとうと言うでも、いらないと言うでもなく、身動きひとつしなかった。父親がどなる声が私の耳にも聞こえた。

「この子が親切にも果物を持ってきてくれているんだ。家族に歓迎されている証拠だというのがわからないのか！　少しは動いたらどうだ！」

彼女はおそらく怯《おび》えていたのだろう。望んでもいない場所に無理やり連れてこられたうえに、父親のような年の男に襲いかかられ、心身ともに苦痛を味わっていたに違いない。噂《うわさ》によれば、この少女はお金のため、おそらく二、三千フランと引き換えに、この結婚を承諾《しょうだく》したらしい。村からやってきた彼女は私の従姉妹《いとこ》のひとり、つまり私と同じソニンケ族の娘だ。私は扉《とびら》のすきまから、彼女のひきつったような、無愛想な顔を観察した。もし彼女が心を開いてきたとしたら、同じような若さで同じ罠《わな》にかかった者として同情していただろう。しかし、まわりの誰もがそうだったように、私も彼女の態度にはショックを受け、友達になるのも味方になるのも難しいだろうと感じていた。

ベッドから起きあがり、ふつうに生活しはじめると、ささいなことで彼女は私に対して敵対心をむきだしにするようになった。どうやら彼女にとって、一番目の妻と暮らすというのは敵に立ち向かうのと同じことだったようだ。

最重要案件である性生活については、習わしどおり同じ階級の仲介人《ちゅうかいにん》を立てて彼女と話し合いをした。

「最低二か月は夫をまかせると彼女に伝えてちょうだい」

ところが三週間ほどしたころ、彼女も仲介人を通して希望を伝えてきた。

「これからは順番にしてほしい」

残念ながら彼女もうまくいかないのだ。若いだけでなく、間違いなく女子割礼《かつれい》されている彼女にとって、毎晩のように性生活を強いられるのは、相当つらいことだったのだろう。気持ちがわかるだけに、私はこう返事せざるをえなかった。

「いいわ、ふた晩ずつにしましょう」

そう答えながら、婦人科の医師に頼んで避妊《ひにん》リングを入れてもらおうと考えていた。しばらくはピルを飲みつづけなければならないが、今度こそ忘れることがないように頭にしっかり叩《たた》きこんでおかなくては。

私たちはほとんど口もきかなかった。彼女はしばらくすると妊娠して女の子を産んだが、それぞれがそれぞれの部屋に閉じこもり、口をきくのは挨拶《あいさつ》するときと「食事の時間よ」と言うときくらいだった。友達でも敵でもない。

当時、ひとつ屋根のしたで暮らす夫に関する噂《うわさ》をアフリカとの長距離電話で知ることがしばしばあったが、一夫多妻を存続させるために仕掛けている夫の戦略を知ったのも、やはりアフリカとの電話でだった。夫は彼女に「もし騒ぎを起こせば、キャディに国に送り返されるぞ。おまえは滞在許可証を持ってないんだから、向こうにとっては簡単なことだ」と吹きこんでいるというのだ。

そんなことを言われれば、彼女が私を敵と思って当然だ。だから、夫の言うことだけを鵜呑《うの》みにして私とは口をきこうとしないし、耳を貸そうともしないのだ。

私は彼女を国に送り返すことができる敵、よって彼女の不幸のもとはすべて私にある。

祖父の家でも両親の家でも、このような諍《いさか》いは目にしたことがなかったが、どうやら夫は「一夫多妻の生活で妻たちを効率よく支配しようと思ったら、妻どうしの仲を裂《さ》くことだ」というおじたちの助言に従ったらしい。

夫の手口にうまく丸めこまれた若い妻は、しばらくすると家庭で女王のように振る舞い、私を蔑視《べっし》するようになった。私の子供たちとさえ、まともに口をきこうとしなかった。妊娠して手当をもらうようになると、夫は寛大にも毎月彼女に約六百フランを渡していたのに対し、私の五人の子供に対して支払われる手当は夫が全額、握っていた。家のための買い物は夫がしていたとはいえ、子供たちの洋服や靴、学校に関するすべての出費は私がまかなっていたというのに、私には一銭たりとも渡そうとしない。それでも私はなにも言わなかった。なにか口にすれば、必ず言い争いになって疲れるだけだった。

こんな雰囲気のなかで子供たちを育てることに、私はほとほとうんざりしていた。ある日、二番目の娘キネが、父親の前に立ちはだかって言った。

「もしママにこれ以上さわったら、私がパパをやっつけるからね」

二番目の妻が来てからというもの、夫は私に言葉だけでなく、手も出すようになっていたのだ。娘の一撃を受けて、夫は笑っていた。笑うふりをしただけかもしれないが、いずれにしても、娘のこの発言は夫を少しは落ち着かせた。

夫は周囲の人間だけでなく私のアフリカの家族にも、この結婚がうまくいかないとしたら、それは私の嫉妬心《しっとしん》と意地の悪い性格のせいだと思いこませようとしていた。そこまで男としての思い上がりが強いのだ。私から愛されていないこと、というより嫌われていることを、どうしても認めたくないらしかった。それに、私が性生活に嫌悪感を抱いていることも。もし、あの当時、もっと性について知っていたら、ほかの女性たちのように解放されていたら、夫に対してもっと強く抵抗できたかもしれない。しかし、自分と子供たちのことも考えて、私は抵抗も最小限にとどめていた。

神経が参ってしまったので、子供たちを連れて大伯父《おおおじ》の家で数日でも休ませてもらおうと、ノルマンディ行きを計画していた矢先のこと。予期せぬ不幸が待ち受けていた。

当時、市が開催している木曜日の一日遠足という企画があった。次の遠足は海辺と聞いて、私は子供たちと参加することを決め、二番目の妻にも、フランスに慣れるため、そして私が敵でないことを知ってもらうために、赤ん坊を連れて参加するようすすめた。

十時のおやつのためにサンドイッチやクロワッサンを用意して、みんなでバスに乗って出かけた。途中、子供たちを休ませるためにバスが一時停車し、みんなで車道沿いのカフェに腰かけているとき、ふと、キネが言った。

「ママ、クロワッサンをバスのなかに置いてきちゃったから、取ってくるね」

その一分後、叫び声と同時にタイヤのきしむ音が聞こえた。

キネが車に轢《ひ》かれたのだ。

娘を轢いた青年は狂ったように叫んでいた。

「わざとじゃありません、わざとやったんじゃありません！」

出血はなかったが頭を強く打った娘は、CTスキャンをかける必要があった。救急車のなかで眠りこんでしまわないように、看護師が娘の頬《ほお》をつねっていた。私はすぐに、パリにいる娘の父親に電話を入れた。

木曜が過ぎ、金曜の朝、私は目の前で医師がパリの別の病院に電話をして娘の受け入れについて問い合わせるのを聞いていた。頭蓋内血腫《ずがいないけっしゅ》ができており、その病院ではどうにもできず、搬送《はんそう》にはヘリコプターが必要だと話していた。医師はもう、手の施《ほどこ》しようがないとわかっていたのだと思う。

医師のそばを離れ、娘の横たわる病室に入り、かがみこんで頬に触れてみると、娘はすでに生気をすっかり失っていた。そして、私のなかから、なにかがすっと離れていくように感じた。次の瞬間、私は叫んでいた。

「娘が死んでしまった！」

救命救急装置を持った看護師が駆《か》けつけたが、遅すぎた。

パニックに陥《おちい》った私は、安定剤を打たれてやっと落ち着きを取り戻した。

生まれてから、たったの十年と二か月と十日だというのに、こんなふうに逝《い》ってしまうなんて。タイヤのきしみ音とともに、あっというまに逝ってしまうなんて。キネの顔は、まるでぐっすり眠っているように輝いていた。

妹たちや弟の面倒をよく見ていたキネ。

父親の前に立ちはだかり、私を守ろうとしたキネ。

もう、あの愛くるしい笑顔が見られない……

母親にとって、子供を失うほどつらいことはない。身も心も疲れ果て、私は魂を抜かれてしまったようにぐったりとしてパリに戻った。

市役所からはフランスで埋葬《まいそう》するように言われたが、私の家族がさよならを言えるようアフリカで埋葬することを希望していると伝えると、彼らは快く承諾《しょうだく》してくれたうえに、搬送代《はんそうだい》と私のための飛行機代も負担してくれた。市役所の寛大な処置に感激したのもつかのま、移民のコミュニティの男たちには心底、失望させられた。というのも、出発の前夜ぎりぎりになって、娘の父親が棺《ひつぎ》に付き添うべきだと勝手に決めつけ、私にパリに残るよう命じてきたのだ。チケットが二枚あるなら母親も一緒に付き添ってもいいが、一枚しかないのだから父親に権利があると。

こうして夫が娘の遺体に付き添い、私はパリに残って、ひたすら狂ったように泣いていた。私も、母も、この件はいまだに許せずにいる。娘の母親として、最後の最後までそばにいてあげたかった。娘には母である私が必要だったはずだ。それなのに、男たちには、そんなことを考える頭などない。キネをかわいがっていた夫にとっても、もちろん娘の死は耐えがたいものだったろう。それもよくわかる。それでも、許せない。男、父親、いつも男。出産の苦しみも知らず、母親に場所を譲《ゆず》ることもせず、かといって飛行機のチケットを一枚よけいに買うこともできない男。こうした男たちは母親の愛も、母親に対する敬意も、なんにも、なにひとつ理解できないのだ。

どんなに狭苦しい環境でも、険悪な夫婦のもとでも、陽気で明るかった子供たちが、キネの死を境にすっかり自分たちの殻《から》に閉じこもってしまった。二歳の末娘は言った。

「キネ、ビョーインに行った、ビョーインに行った」

ひどい落ちこみからなかなか立ち直れずにいた私は、それから三か月後、自分で飛行機代を払ってアフリカに飛び、娘の墓のそばでひと月過ごした。幸い、私には友達がいた。やさしい言葉でなぐさめてくれる友達が。その一方で、パリのアフリカ人コミュニティには、この悲劇の責任は母親にあると言って私を責める人々もいた。彼らに言わせると、私が白人のような暮らしを望み、白人のように子供たちをあちこち連れまわすからこんなことになったというのだ。

この時期、本当に生きているのが苦しかった。道で声をかけられても気づかないことがたびたびあった。すれ違う人の姿さえ目に入らないほど、深刻な鬱《うつ》状態に入りこんでいたのだ。もう夫の顔を見るのも、声を聞くのもいやだった。この結婚は、私のなかでは終わっていた。キネの死、彼女の死にまつわる一連の出来事、そのすべてに嫌気《いやけ》がさしていた。一刻も早く、この結婚を決定的に終わらせたい。もはや私の願いはそれだけだった。

パリのどこかにアフリカ人の弁護士がいることを人から聞いて知っていた私は、必死で探して連絡先を突き止め、末娘のビンタを幼稚園に入れるや、離婚の手続きに取りかかることにした。離婚したいという意思は、もちろん真っ先に夫に伝えたが、案の定、鼻で笑われた。報酬《ほうしゅう》の一部を前払いする必要があると言われていたので、節約して貯めたわずかなお金を持って黒人の弁護士に会いに行った。同じ週、通りでばったり会ったモロッコ人の友人も離婚を望んでいた。彼女は夫に殴られ、窓から突き落とされたのだという。幸い、一階だったので足の骨を折っただけですんだというが、私には他人事《ひとごと》とは思えなかった。というのも、夫の暴力はこの時期、日に日に激しさを増していたのだ。血が出るほど殴られることもたびたびで、ことさら二番目の妻が争いに関わっているときには容赦《ようしゃ》なく殴りつけてくるのだった。悪いのは私、嫉妬《しっと》深くて意地が悪いのは私のほうらしい。でも、私がされるままになっていると思ったら大間違いだ。最後に殴られたとき、私は無料の診療所に駆《か》けこみ、弁護士に渡すための診断書を出してもらった。

あるとき、母から言われた。

「この件に二番目の妻は巻きこんじゃいけないよ。彼女はなにもしていないんだから」

「私だって、なんにもしてないわよ」

「あなたが彼女を困らせてるって、わざわざここに電話があったのよ」

「そんなこと絶対にありません！」

つまり夫は、こりもせずに母に電話をして嘘《うそ》を並べ立てていたのだ。娘が離婚したいと言いだしたときに、力ずくで娘を説得して元のさやにおさめようとする両親が多いだけに、夫は私の両親も彼の意見に耳を傾けると思っていたのだろう。しかし、私の両親は表立って娘の味方こそしないが、物事を公平に考えてくれる。私が二番目の妻になにもしていないと断言すれば、その言葉を信じてくれた。

それにしても、この若い妻はますます私の神経にさわりはじめた。夫をひとりじめしたいの？　だとしたら、願ってもないことだ。しかし、だからといって、なにも私に隠れて寝室の電話に延長コードをつけて使うような卑《いや》しい真似をしなくてもいいのではないか。私の名義で私が料金を支払う電話なら、料金を気にせず長電話できると、夫も片棒《かたぼう》をかついでいたのだ。しかも、私には通訳をして入ってくるわずかな収入しかないというのに、ふたりは私の五人の子供たちの手当まで好きなように使っていた。

一度だけ、無性に腹が立って夫に言ったことがあった。

「彼女がこんな調子で私の邪魔《じゃま》をしつづけるようなら、彼女がひどい姿でセネガルに帰されることになっても知らないからね」

原因は忘れてしまったが、その日の彼女の振る舞いに、私は完全に堪忍袋《かんにんぶくろ》の緒《お》が切れてしまったのだ。彼女の私に対する敵対心は、あまりにもあからさまだった。そのうえ子供たちのことも嫌っているものだから、キネのお墓参りにセネガルに帰ったときも、とても安心して預けることなどできず、従姉妹《いとこ》に子供たちの世話を頼んだほどだった。

セネガルの慣習である一夫多妻と闘うつもりはない。それぞれの妻がそれぞれの家を持つという新しい形の一夫多妻制は、本人たちがそれでよければ私はなんとも思わない。ただしヨーロッパにおける一夫多妻は、人間関係を蝕《むしば》み、子供たちを破壊する。現在、パリ郊外の集合団地に住むほとんどの一夫多妻の家族は、夫と二、三人の妻が子供たちとともに公営住宅の2LDKに暮らし、子供たちには落ち着いて宿題をするスペースも、まともに寝る寝室さえないのが現状だ。しかも窮屈《きゅうくつ》な空間で妻たちは一日じゅういがみあい、険悪な空気を部屋じゅうにまきちらす。夫だけがひとりでこの状況につけこんで生きているのだ。

アフリカ女性がひとりの人間とみなされぬまま、みじめな立場に甘んじているかぎり、男たちはこの制度にあぐらをかいて生きていくのだろう。彼らの目的は毎年のように子供を作り、少しでも多くの家族手当を受けること。それなのに、その手当が一銭も妻の手元に入らないとすれば、妻は奴隷《どれい》と同じだ。移民の女性のほとんどは読み書きを知らず、滞在許可証もフランスで子供を産むまではもらえない。それでも国に帰りたいと望む女性は非常にまれだ。みんなが口をそろえてこう言う。

「いろいろと問題はあるけど、ここにあるものは、向こうにはないもの。ここにいるかぎり、水を汲《く》みに行ったり、木を切りに行ったり、粉をひく必要もないし……」

その気持ちもわかる。しかしフランスで用意されている生活環境はアフリカ育ちの女性にとってはきわめて過酷《かこく》なものだ。たったひと部屋のアパートにベッドがひとつ、ひとりがベッドに寝れば、もうひとりはキッチンの床で子供たちと一緒にゴロ寝をするしかない、そんな暮らしをしている移民の家族は数知れない。そしてこんな環境から生まれてきた少女たちは夏休みに国を訪れると、そこで性器を切除され、生理がくると強制的に結婚させられ、母親と同じように生きていく。そして少年たちはといえば、一夫多妻の男性優位の空気が蔓延《まんえん》するなか、なにも考えずにただでんと中央に構え、なんの野心も持たず、世界に目を広げることもなく、ただひたすら父親と同じ生き方をなぞっていく。

ある日、分離同居という言葉を耳にした。フランスのいくつかの街では、二、三人の妻と十人から十五人の子供が2LDKに暮らしている場合、その夫は自治体にもう一軒《けん》別のアパートの割り当てを要求できるのだという。ただし、唯一の条件として離婚が義務づけられている。しかし宗教上の結婚のみを重要視する男たちにとって、フランスで離婚届を提出することくらいなんでもない。アパートを手に入れるために離婚の手続きはしておきながら結婚は存続させる。こうした詐欺《さぎ》的行動がフランスではまかりとおってしまうのだ。

フランスは書類上はこの問題を解決できると考えているようだが、文化的にどうかというと、これは不可能だ。ましてや実際問題となるとさらに難しい。というのも、こうした女性たちは身動きできない状態に置かれており、生き延びるためのほかの方法を持っていないのだから。

女性たちがなにを望んでいるのか、誰か一度でも考えたことがあるのだろうか。

私は一夫多妻の家に生まれ、父には十六人の子供がいる。フランスで実践されているような一夫多妻は知らなかった。幸い、母はひとりで子供たちと暮らしていた。つまり、一夫多妻といっても、距離を置いて経験していたことになる。父の別の妻や子供たちに会いに行くことはあっても、同じ家で暮らしたのは、ほんのわずかな期間だ。母親の違う子供たちのあいだに愛情が通わないこともあるけれど、それは単に、母親たちが無意識のうちに不安や疑いを伝染させてしまうからだ。

私たちの一族では、子供はみなソニンケ語で「ファバ・メレ」といって父親の子供だ。これは、父親こそもっとも重要な存在であることを示している。家族関係はこの原則のもと、嫉妬《しっと》と警戒心を総動員させながら、築き上げられる。母親たち、そして母親を想う子供たちがお互いに親密になることはなく、つねに「もうひとり」から危害を加えられるのではないかと気にしながら生きている。

フランスでは一夫多妻を禁じているが、政府は寛容策をとった。後戻りするには遅すぎる。長期滞在移民労働者に認められていた「家族を呼び寄せる権利」を利用してやってくる二番目の妻は数え切れないほどいた。住宅や給料などの生活条件はきわめて厳しくても、休暇でやってきてそのまま居つく女性がほとんどだったのだ。私がフランスに来た時代には滞在許可証は新聞のように折りたためる簡単な紙で、肌の色さえ同じであれば誰でもその紙一枚でどこへでも行けた。今でこそ許可証の形式も変わり、入国のチェックも厳しくなっているが、当時、ヨーロッパの人々にとってアフリカ人はみんな同じ顔に見えたのか、警官は顔写真など見もせずに有効期限だけをチェックして通しており、アフリカ人の男たちはそこにつけこんで、一番目の妻の許可証で次々と女性をフランスに入国させてきたのだ。

自分の子供たちには決して、この一夫多妻を受け継いでもらいたくない。そしてアフリカやフランスのジャーナリストたちには、一夫多妻のアフリカ人妻たちの現状を克明《こくめい》に取材し、それぞれの国のテレビで流してほしい。お金や物質的なぜいたくは誰の手にも届くものだと錯覚を起こさせるようなアメリカの連続ドラマを流すかわりに、現実を伝えるルポルタージュを流してもらいたい。

一日じゅう家に閉じこめられているおかげで人気の連続ドラマ『愛の炎』の内容はすらすら

語れるが、フランスに何年も住んでいながら、いまだにエッフェル塔がどこにあるかさえ知らないアフリカ女性はたくさんいる。反発精神の強い私でさえ、実際に弁護士に会いに行ったのは、裁縫《さいほう》の修行を続け、ひそかに必要な手続きをしながら、丸々三年間も考えたすえだった。誰も助けてくれないと最初からわかっていた。身近な誰かに落ちこみや苦痛について聞いてもらおうとするたび、夫はここぞとばかりに非難した。落ちこみ？　夫には、こんな言葉は痛くもかゆくもない。

「家庭内騒動」はますます悪化していった。まともに口をきかなくなって久しいある日のこと、夫の問いかけに私が答えなかったらしい。すると、私でなく娘が平手打ちを食らった。娘と一緒に見ていたテレビ番組で、たまたまカップルが抱き合うシーンが映しだされていただけのことだった。

「さっさと寝ろ！　でないと、おまえたちみんな、母親みたいな娼婦《しょうふ》になっちまうぞ！」

ずっと長い間、夫婦の諍《いさか》いから子供たちを必死で守ってきたというのに、夫は子供たちの前でも、母親は娼婦だと言って私をののしるようになっていた。このままでは子供たちが傷ついてしまう……

極度の不安と先の見えない閉塞《へいそく》状態に息苦しさを感じて鬱《うつ》が悪化し、しばらく病院で静養することになったある日、父の知人の男性がお見舞いに来てくれた。彼が私のベッドの横の椅子《いす》に腰かけて気遣《きづか》ってくれていると、ちょうどそこへ夫がやってきた。夫はドアを開けてその男性の姿を見るなり、怒りを爆発させた。誰であれ、私の近くにいる男性は愛人だと思ったのだろう。それまでの疑いが、確信に変わったというわけだ。大騒ぎをする夫に病院のスタッフは出ていくよう命令したが、夫は聞く耳を持たず、おかげで私は病院のスタッフや相部屋の患者の前で、根拠のない非難を聞かされるはめになった。医師が止めに入るとやっとのことで病室を出ていったが、最悪なことに、夫はその足で私の友人の夫にこの話をしに行った。

「ベッドの横に男がいたんだ。これまでは妻は娼婦《しょうふ》だと言っても、誰にも信じてもらえなかったが、やっぱり愛人がいたのさ！」

しかし夫は話す相手を間違えたようだ。マリ出身の友人の夫はしかつめらしく言った。

「そんなくだらない話は穴でも掘って捨ててしまうんだな。そして二度と話すんじゃない。たとえいつか、男が妻に襲いかかっているのを見たとしても、なにも言わず、騒ぎも起こさずに問題を解決すべきだ。こんなことは、人にべらべら話すことじゃない。夫婦間の問題なんて、どこにでもある。しかし、みんなそれぞれ自分たちで解決しているんだ」

その日、病院のベッドで夫の痴態《ちたい》を眺めながら、私の頭には、おそらく夫にとっては愛人と同じくらいスキャンダラスなひとつの考えが浮かんでいた――家族手当を自分の口座に振りこんでもらおう。こんなことをするのは、自ら進んで危険に身をさらしにいくようなものだ。勝つか、そうでなければ死ぬ。フランスで暮らすアフリカ人家族のもめごとの発端は、たいてい、この家族手当にある。勇気をふりしぼって夫に頼んだ結果、一銭も持たず、子供さえ連れずに、たったひとりアフリカ行きの飛行機に乗るはめになった女性もいた。

しかし、どんなに危険なことでも、私と子供たちの自由がそこにかかっているのだ。どん底にいるときに「ママ、大丈夫？」と気遣い、歌を歌って励ましてくれた子供たち。どんなことがあっても、子供たちは私の手で守りたい。二番目の妻にお金を取られたまま離婚するなんてもってのほかだ。

子供たちは父親のことが好きで、夫も子供たちのことはかわいがっている。その関係は壊したくない。ただ、子供たちにとって有害な、私にとっては致命的なこの環境からは、なんとしてでも逃れなくてはならない。

肉体的にも精神的にも、とても健康といえる状態ではなかったが、なけなしの力をかき集めて闘うしかない。溺《おぼ》れる者がわらをもつかむような気持ちで。

第八章
離婚申請《しんせい》

弁護士に会いに行く決意をする一週間ほど前のこと、たまたまついていたテレビ番組で、暴力を受けている女性たちを取りあげていた。最初はなにげなく見ていたのだが、そのうち、ある明白な事実にはっとさせられ、画面から目が離せなくなった。

私は、テレビで証言している彼女たちとあまりによく似ていた。夫に暴力を振るわれても、助けを求めるかわりに耐え、沈黙に逃げこみ、「この男は子供たちの父親なのだから、夫は子供たちのことは愛しているのだから、彼から子供たちを取りあげる権利は私にはない」と自分に言い聞かせてきた。そのうえ私の場合は、父親とは違う人生を子供たちに望んだり、自分自身もピルを飲んだり、フランス人の女性と同じような暮らしを望んでいると移民のコミュニティの人たちから非難されていたせいで、自由を望むこと自体に罪の意識を感じていた。夫から暴力を受け、医師の診断書までもらっていたというのに、離婚というひとつの目的に神経を集中するあまり、恥や屈辱《くつじょく》は心の底にしまいこんでいたのだ。

ところが、この番組と、夫に突き落とされて骨折したモロッコ人の友人と偶然会ったことで、自分が暴力の被害者なのだと、はっきり自覚することができた。このまま突き進まなくては。まずは弁護士ときちんと話をすること、そして、私自身が受け取るべき家族手当を取り戻すことだ。

私はさっそく家族手当の窓口に相談に行った。通訳などをしながらフランス語のできないアフリカ女性の手助けをしていたおかげで、幸い煩雑《はんざつ》な手順はよく心得ていた。

「私でなく夫が家族手当を受け取っているんです。夫にはふたり目の妻がいて、その子供にあてがわれる分の六百フランは彼女に毎月渡しています。ところが、私には夫とのあいだに四人子供がいるのに、一銭ももらえないどころか、暴力を振るわれているのです。大家族の父親の態度とはいえません。自分自身、自分の取り巻き、それに二番目の妻のことしか考えていないんです。四人の子供のお金を取り戻すにはどうしたらいいでしょう」

「規則はご存知かと思いますが」担当の女性は言った。「あなたの夫が手当を受け取るのは当たり前のことなんです。ひとつの住まいに暮らしているかぎり、あなたとご主人に振り分けて支給することはできません。引っ越しするか、あるいは別々に暮らしていると証明できる住所を見つけていらっしゃい。そうすれば、あなたのために打つ手はあると思います」

架空《かくう》の住所を手に入れる。そんなことができるのだろうか。ましてやアルバイト程度の通訳の収入だけでは、引っ越しはおろか家賃など払えるわけがない。最初の勢いは早くもしぼんでしまい、私は茫然《ぼうぜん》と涙に暮れるしかなかった。

しかし、今度も神様が見守っていてくれた。バスを降りたところでマリ出身の友人とばったり会ったのだ。

「どうしたの？　なぜ泣いてるの？」

秘密裏《ひみつり》に進めているこの計画が夫の耳に漏れ伝わってはならないと、それまでは誰にもなにも話さずにいたが、この女性が常識も教養も身につけた、告白にふさわしい相手というだけでなく、ひとりではもうどうにもできないと観念した私は、涙ながらに一気に自分の計画を打ち明けた。

「簡単よ」彼女はあっさりと言った。「私の家に住んでいることにすればいいのよ。今すぐに居住証明書を書いてあげる。証明書さえあれば、あなたは四人の子供と一緒に私の家に暮らしているとみなされるの。ただし、誰にも、なにも言わないこと、いいわね。あとは役所にまかせておけばいいわ。証明書を持って、すぐに担当の女性のところに持っていきなさい。鉄は熱いうちに打てっていうでしょ」

彼女の書いてくれた証明書を握りしめ、再び、役所に向かうバスに飛び乗った。ところが家族手当の窓口は行列ができるほど混雑しており、チケットを取って順番を待たなくてはならない。しかも、先ほどの担当者に呼ばれるという保証もなく、別の担当者が先ほどの女性と同じように考えてくれるともかぎらない。そこで私は合図できるチャンスをうかがって、先ほどの女性の窓口が空くのを辛抱《しんぼう》強く待った。彼女は書類に目を通すと、あっというまに住所変更をしてくれた。

「来月から、あなたの四人の子供に対する手当は、あなたの銀行口座に振りこまれます」

私はほっとして窓口で泣き崩れてしまった。暗く長いトンネルに一条《いちじょう》の光が差したようだった。あとひと月の辛抱。あとひと月すれば、長すぎるこの闘いから抜けだす糸口をつかむことができるのだ。

娘のキネを失ってからというもの、私は自分の殻《から》に閉じこもりすぎていた。誰も侵入できないように固いよろいをまとい、ひとりで鬱々《うつうつ》と過ごしながらこの国の法に頼ることもせず、何年ものあいだ、ただ不幸を増幅させてしまっていたのだ。状況がここまで腐《くさ》りきってしまわないうちに、もっと早く行動に出るべきだった。フランスでの離婚はもちろんのこと、故郷の宗教上の離婚をどうしても手に入れなくてはならない。そうでないと、一生、解放されることはない。

まずは母と真剣にこの件について話をしなければと思っていた矢先、私が苦しむ姿を見ることに疲れきっていたおじからも、しばらくのあいだアフリカに帰るように忠告された。

「おまえたち夫婦の問題には一族全員がうんざりしている。しょっちゅう誰かしらが仲裁《ちゅうさい》に入り、もめごとをおさめなくてはならない。それなのに、おまえは助けはいらないという。本当に別れたいのなら、そろそろ本格的に取り組んだらどうだ。おまえの夫には私から話をしよう」

四人の子供を連れてアフリカに帰るには、それなりのお金がかかる。おじと夫の交渉は私の目の前で行われ、最初は夫の反応は否定的だったが、しぶしぶ飛行機代を払うのを承知した。家族手当については、びた一文《いちもん》渡さないと態度を崩さなかったが、私の計画を知っているおじは夫を試そうとしただけで、それ以上、説得しようとはしなかった。

「それじゃ、往復のチケットについては必ず責任をもつんだな」

「ああ、わかったよ……」

月末が過ぎ、翌月の十日。夫はいつものように家族手当の支給を待っていたが、振りこみはなかった。当然だ。私は心のなかで、親切にしてくれた窓口の女性に感謝すると同時に、ひとり、この勝利をかみしめていた。「当然、受け取るもの」を要求しに、夫がわざわざ役所まで出かけていったのも知っていた。

その晩、夫は仕事から帰ると、聞こえよがしに祈りを捧げていた。

「人前で妻に恥をかかされました」

夫はこの挑発に私が乗ってくると思ったのだろうが、疲れ果てている私は、これ以上けんかをする気力もなく、ただひと言、夫に向かって「神は平等だわ」とだけ吐き捨てるように言った。

家族手当を正当に受け取れると知って私は自信がついていたのだろう。恐怖すら、まったく感じなかった。夫に対する敬意が足りないと私を非難し、家族手当を要求することを責める男たちもたくさんいたが、そんな不当なことを言うやつらは追い払えばいいだけのことだ。筋の通らないことを並べ立てる男たちとは話もできない。

翌日、アフリカの母に電話をすると、母が奇妙なことを言いだした。

「今日、ちょうど、あなたのことを話していたところよ」

「なんなの？」

「あなたの夫から、また電話があったのよ。今度は、二番目の妻のお金をあなたが盗んだって言うのよ」

「よくもまあ、そんなことが言えるわ！」

「自分の娘のことを、口が達者だとか、けんかっ早いとか言われるならいいわ。でも、泥棒扱いされるのには耐えられない。本当に彼女のお金に手をつけたのなら、今すぐに返しなさい。自分の子供たちのお金はあなたのもの、でも、彼女の子供のお金は彼女のものよ」

「誓ってもいい、彼女のお金にはいっさい手をつけてなんかいないし、そんなつもり、まったくない。ここまで嘘《うそ》をつけるなんて卑劣《ひれつ》にもほどがあるわ。いつもどおり、自分の口座に振りこまれているにきまってるじゃない。嘘と承知で、私にいやがらせをするためだけに電話をしたのよ」

その晩は、口論は避けられなかった。母の頭に、つまり国の親戚《しんせき》じゅうに盗人《ぬすつと》疑惑を植えつけようとしたと知った今、夫と立ち向かわざるをえない。しかし、口を開いたのは夫のほうだった。

「市役所に話しに行ったのは、おまえだな」

「ええ、私よ」

「おれの妻の金まで！」

「いいかげんなこと言わないで。私が手をつけてないことくらい、わかりきっているくせに！」

その晩はひどく殴られた。夫をベッドに迎え入れたくない晩によくそうされるように。不運にもその晩は私の番で、なんとかして逃れようと必死に抵抗したが、どんなにあがいても夫の体力には勝てず、「家庭内強姦《ごうかん》」に屈するしかなかった。

あきらめの境地で、殴られるがまま、されるがままになりながら、私は心のなかで、どうでもいい、アフリカ行きの準備をおとなしく進めるだけだ、とつぶやいていた。夫もおじの前で交わした約束を破るわけにはいかないだろう。

離婚申請《しんせい》の手続きを着々と進めてくれている弁護士のおかげで裁判所への出頭が決まったころ、パリのセネガル領事館から一通の手紙が届いた。家族手当について夫が和解を求めているので、領事館に出向いてほしいとの内容だった。またしても争点は家族手当だ……

夫は従兄弟《いとこ》のひとりを伴《とも》なって領事館にやってきた。最初のうちは、この従兄弟も中立の立場を取っていたが、最終的には夫の味方につき、私はひとりでソーシャル・ワーカーと立ち向かうことになった。

「要するに、あなたは、あなたのお子さんと、そして第二夫人のお子さんの手当を受け取ったということですか……」

ソーシャル・ワーカーが話し終わらないうちに、私は涙をこらえつつ訴えた。

「失礼ですが、実際にどうなっているか、電話一本でも入れて確かめていただきましたか？私はたしかに、自分の子供のための手当は受け取りました。でも、それ以外のお金には触れてもいません。そんなこと、簡単に確かめられることでしょう！」

ふたりの男は私の言葉を最後まで聞くかわりに、私を糾弾《きゅうだん》しはじめた。非難、ののしり、侮《ぶ》辱《じょく》。私はもう、この、お金をめぐる争いと、同郷《どうきょう》の男たちのお粗末な態度に耐え切れなくなり、こんな男たちと係わり合いを持っていること自体、とんでもなく恥ずかしいことに思えてきた。しかも、私はそんなお粗末な男たちから盗人《ぬすっと》扱いされているのだ。辛抱《しんぼう》の糸がぷちんと切れたように、私はがばっと立ちあがった。

「奥さん、まだ話は途中ですよ！」ソーシャル・ワーカーの女性が言った。

「申し訳ありません、非礼は承知のうえですが、こうした不当な非難には耐えられません。失礼します！」

そして私は男たちを置き去りにして領事館をあとにした。

裁判が待っている。夫が召喚状《しょうかんじょう》を受け取ったことは弁護士から聞いて知っている。あとは裁判で裁かれるのを待つだけだ。

子供たちの学校が夏休みに入り、アフリカへの出発の日は近づいていたが、チケットは夫が握りしめていたため、私がはっきりした日程を知ったのは出発の一週間前のことだった。幸い、裁判所からの呼びだしは、その二週間前だった。

こんなぎりぎりの状態になってもなお、私は子供たちをできるだけ争いから遠ざけようと、夜は夫が仕事から帰ってくる前に食事を済ませるようにしていた。そして折に触れて子供たちに、けんかはあくまでも夫婦のものであって、子供たちには関係ないこと、たとえ夫婦の仲は悪くても、ふたりとも子供たちのことは変わらず愛していると、繰り返し伝えるようにしていた。それでも私が病気がちになり、不幸な様子でいるのを見ていたので、子供たちも少しは理解していたとは思う。子供たちにとってもつらい時期だったはずだ。

がんばってもがんばってもなかなか状況が好転せず、奈落の底に落ちそうになるたびに私を救ってくれたのは、子供たちだった。ある日、こんなことがあった。息子の学校の担任から電話があり、息子がクラスメートの女の子の通学カバンに傷をつけたという。私は教師に聞いた。息子が通学カバンに触れる前に、その女の子は息子になにをしたのでしょう。教師は、その女の子が息子さんのブルゾンを破ったようです、と答えた。そのブルゾンは私がミシンで縫ってこしらえたものだ。既製服を買ってあげられない分、安い布地を買いこんできては子供たちの服を縫って、いつも清潔な格好をさせるようにしていた。息子によくよく話を聞いてみると、問題の女の子がブランドものの服を自慢し、自分のブルゾンをバカにしたので、「ぼくのブルゾンはママのブランドなんだぞ」と言い返してけんかになったのだという。私はその話を聞いて、思わず涙が出そうになった。息子に勇気をもらった。こんなに貧しく、窮屈《きゅうくつ》な生活をしていても、子供たちは私のことを誇りに思ってくれている。なにがあってもがんばらなければ。へこたれているわけにはいかない、と。

裁判の日がやってきた。私は緊張に体を震わせながら裁判所の門をくぐった。弁護士からは、召喚《しょうかん》された日から肉体関係を拒絶する権利が与えられたと考えていいと聞かされていた。

夫はおそらく取り巻きからそそのかされたのだろう、結局、出頭しなかった。

「心配いりませんよ。あなたの夫が来なくても、召喚状を受け取ったことを確認しているかぎり、裁判所は彼がいようがいまいが、仕事を進められます」

裁判長は女性で、彼女は夫の不在を確認したうえで、書類や診断書に注意深く目を通し、夫に対して、「接近禁止命令」をくだした。そして私に質問を浴びせるかわりに、離婚の申請《しんせい》を続ける意思があるか、とだけ聞いた。

「もちろんです、裁判長」

「わかりました。あなたの夫は今後いっさい、あなたのアパートに足を踏み入れることはできません。子供たちについては、あなたに親権があります。夫には二週間に一度、週末に子供たちに会う権利があります。長い休暇はふたりで振り分けてください……」

そこから先の言葉は耳に入らなかった。

勝った。

私の頭にあるのは、それだけだった。命令を記した書類はふつうはすぐには手元に届かないらしい。が、どんな奇跡が起こったのか、弁護士がすばやく入手してくれたおかげで、アフリカへの出発当日に私の手元に届いた。この書類を手にアフリカに戻り、両親に見せられるのは、願ってもないことだった。

出発当日、夫は最後の最後までチケットを握りしめていた。チェックインカウンターで荷物を預け、パスポートを提示したときにようやく夫が横からチケットを差しだした。そしてその瞬間、私は最後の罠《わな》に気づいた。夫の買ったチケットは往復ではなく、片道切符だったのだ。

「なんの真似なの？」

夫はわざとソニンケ語で意地悪く答えた。

「そりゃそうさ、おまえはアフリカに行って男を次々と家に連れこむつもりなんだろう？で、金を稼ぐんじゃないか！」

私が啞然《あぜん》として口もきけずにいると、夫はそこに子供たちがいないかのように、子供たちが傷つくことさえかまわず、ひたすら怒りにまかせて私をののしった。

はらわたの煮えくりかえるような思いのまま、ダカールの父の家に着いた。頭のなかの整理がつかず、到着した日になにも言わずにいると、翌日、父が私を呼んで言った。

「昨日、着いたというのに、おまえはなにも言わない。おまえの足はなんだ？」

これはウォロフ語の昔ながらの言いまわしで、「おまえの足はどんなメッセージを運んできたのか？」という意味だ。

私はどうにかこうにか夫との状況を伝え、最後に帰りのチケットがないことを告げた。

「神様が、おまえがフランスに帰ったほうがいいと判断なされば、おまえは帰ることになる。それだけのことだ。おまえの夫が言いふらしていることは、全部耳に入っているが、たいしたことじゃない」

父のまなざしからは、憎しみも怒りも非難も感じられず、それどころか私を温かく迎え入れてくれた。父の三番目の妻さえ、私にやさしい言葉をかけてくれた。

「ここのみんなは、向こうでなにが起こっているか知っているわ。男を連れこんでどうのこうのという話も聞いたわ。あなたのことを知らない人たちでさえ噂《うわさ》にしている。かといって、みんながあなたの敵と思ってはだめよ。真実はひとつなのだから」

夫はなんとかして一族の全員に、私がパリで娼婦《しょうふ》のような暮らしをしていると思いこませたかったようだ。私を貶《おとし》める、それが夫に残された最後の武器だったのだろう。夫には気の毒だが、私の家族は誰もそんなことは信じない。

なにをするにも、行きすぎたことをすれば事を仕損《しそん》じる。夫はやりすぎたのだ。それまで夫の味方をしていた取り巻きの連中でさえ、夫がわざと私にあらぬ嫌疑《けんぎ》をかけていることくらいわかっていた。

夫のおばと、そして夫の母親の家にも挨拶《あいさつ》に行ったが、ふたりとも私を非難するようなことはなかった。私は安心してティエスに戻り、母のもとでひと息つくことができた。

ある日、食事のあとにみんなでマンゴーの木のしたに腰かけていると、泊まりがけで家に遊びに来ていた母の友人を訪ねて見知らぬ客がやってきた。

「私が彼を呼んだのよ」と母の友人は言った。

背の高いプル族の男性で、たっぷりした長衣《ちょうい》を着て頭にはスカーフを巻いている。母の友人は居間で彼とふたりきりでなにやら話をしたのち母を呼び、そのあと呼ばれた私は、なにが待ち受けているのか想像もつかぬまま居間に入った。

母と友人の前で、その男性は床に腰をおろし、私にも目の前に座るようにと言った。彼を家に呼んだ母の友人が、ここで初めて説明をしてくれた。

「私は自分の義務だと思って彼に来てもらうことにしたの。あなたのお母さんは姉妹のような存在、つまり、あなたは私にとっても娘のような存在。もし娘に問題があれば、それは自分自身の問題と同じこと。その問題のために、みんなが心を痛めているのを放っておくわけにはいかないわ。彼はこれまでにも何度も力になってくれた人よ。彼にあなたの将来をみてもらいたいの」

男性は床に砂をまいてならすと、指先で線を描いた。

古くからアフリカに伝わる伝統的な砂の占いだった。

「あいかわらず、おなかが痛む、そうかな？」

「はい、そのとおりです」

「痛みを抑える薬草をあげよう」

彼は今度は母に話しかけた。

「娘さんは問題があって、ここに戻ってきた。娘さんには夫を共有する妻がひとりいる。この結婚は惨憺《さんたん》たるものだ」

そして私をまっすぐ見て言った。

「あなたにとって、この結婚は終わっている。ずっと以前から、あなたの心はこの夫には向いていない。しかし、もしこの結婚を続けたいのであれば、あなたのために祈ろう。ただし、あなたが望めばの話で、あなたが望まないのであれば私は祈れない」

彼は再び母に話しかけた。

「あなたは娘さんの結婚の存続を望みますか？」

「それは娘しだいです。決められるのは、苦痛を味わっている娘だけです」

母のこのひと言で、私は大きな重荷から解放されたような気がした。ほかの母親と同じように、「娘には結婚を続けてほしい」と言うのではないかと、内心、不安に思っていたのだが、遠く離れていても母は娘の気持ちを理解し、苦痛を感じ取ってくれていたのだ。母は自分の娘はなにも悪いことはしていないと信じてくれている。

目が涙でかすんで、雲のなかにいるようになにも見えなくなってしまったが、私はおなかから声をしぼりだすようにして答えた。

「もうこの結婚は必要ありません。ぜひ、おなかの痛みをやわらげる薬草をください」

この男性が砂で読み取ってくれたのは、謎《なぞ》の腹痛だった。どんなに検査をしてもレントゲンをとっても、専門医でさえ痛みの原因を突き止められぬまま、私は何年ものあいだこの痛みを引きずっていた。はたして彼の薬草に効果があるのかはわからないが、私は母が離婚を承諾《しょうだく》してくれて、また新しい人生が始められると思うだけで心からほっとしていた。

「どんなにのどが渇《かわ》いていても、まずい水を飲みたくなかったら、蛇口《じゃぐち》が開くまでがまんしなさい」

これは辛抱《しんぼう》しなさい、という忠告。なぜなら、母のこの力添えは、まだほんの始まりでしかない。

「犬の餌《えさ》を漁《あさ》っていると人に言われても、言わせておきなさい。ただし、決して人に見られてはだめよ」

これは夫が私になすりつけようとした悪評についての忠告だが、こんな警告がついている。

「みんなあなたのことを信じてるわ。あなたは本当のことを言っているとわかってる。あなたは盗みもしないし娼婦《しょうふ》でもない。私たちの信頼を裏切らないためにも、面目は保つのよ」

アフリカにいる二か月間も、毎月振りこまれる家族手当のおかげで家族に甘えることなく子供たちの面倒は見ていられたが、そろそろ夏休みが終わりに近づきつつあった。新学期に間に合うようフランスに帰らなくてはならないのに、帰りのチケットがない。いったい、どこからそのお金を捻出《ねんしゅつ》したらいいのだろう。奇跡でも起こらないかぎり難しいことに思え、絶望的になっているところに、その奇跡が起きた。アフリカで記者をしている兄が私のところにやってきて、封筒を差しだして言った。

「銀行に行って、ちょっとした借り入れをしてきた。おまえは闘志満々の女性だから、ここにいても、なんとか乗り切っていくだろう。しかし子供たちの勉強や将来のことを考えると、いい結果になるとは思えない。この金で帰りのチケットを買うんだ。金は、余裕ができたときに返してくれればいい。大事なのは子供たちの将来だ」

兄の生活も決して楽とはいえないのに、それなのに私の子供たちのことを考えて借金までしてくれたと知って、私はしばらく感動で涙が止まらなかった。

夏休みの終わりとあって飛行機はどの便も満席で、やっとのことで席を確保できたのは九月九日発の便だった。子供たちの学校には間に合ったが、二日に始まることになっていた移民サービスでの私の仕事再開には間に合わなかった。雇《やと》い主《ぬし》には事情を説明する手紙を送っておいたのだが、その手紙が届かなかったらしく、遅れることを知らせなかったと責められ、通訳の仕事を失ってしまった。ときどきでもいいから時間給で働いてはどうかと提案もされたが、「手紙が届かなかった」ことに疑問を抱いていた私は、すっぱりと断った。日ごろ人から「口が悪い」と言われている私だ。きっと、その口がわざわいしたということなのだろう。

たしかに私は口が悪い。ほかの女性が胸にしまいこんでいるようなことまでついつい声高《こわだか》に主張してしまう。たとえば、白人の産婦人科医が私たちに向かって、こんなことを言った日のこと。

「フランス人の同僚が性器切除に対して抱いている偏見が、私には理解できません。まったくいらいらさせられます。私はつねづね彼らに向かって、アフリカ人のクリトリスのことなど放っておきなさい、と言っているんです」

つまり、たいしたことじゃないから放っておけ、という意味だろう。私たちが娘の女子割礼《かつれい》をやめるよう移民の母親たちを必死に説得しているというのに、その女医はアフリカ人の通訳ひとりひとりに、この野蛮《やばん》な慣習とはあえて闘わないようにと勧めているのだ。私は黙っていられず、達者な口を開いた。発言する権利もあるし、発言するのは私の義務と思ったからだ。

「文化の保護」という名目で、この女医はよく知りもしないことに首を突っこんできた。もし彼女が七歳の少女のとき、カミソリの刃を前に両脚を広げなくてはいけなかったとしたら、同じことが言えるだろうか。

真実はどうあれ、いずれにしても九月九日にパリに戻ってきたとき、私には仕事がないことに変わりはなかった。

夫には予告せずに帰ってきたので、家に着いたとき二番目の妻は目を丸くして驚いていた。

「向こうの家族は元気だった?」

「みんな元気よ」

ただそれだけ言うと彼女はそそくさと自分の部屋に逃げこみ、電話で夫に私たちの帰宅を知らせていた。三十分もしないうちに夫は戻ってきたが、コメントも質問もなし。まるでバカンスからふつうに戻ってきたかのように振る舞っていた。

子供たちが久しぶりに父親と会って嬉しそうにしているのを見ながら、私は接近禁止命令が記された裁判所の書類のことを考えていた。裁判所に出頭しなかった夫が、私の体は私自身に属しているという大事なことについて知っているのか、そしてきちんと理解しているのか不安だったのだ。

夫が娘を呼んで二百フランを差しだした。

「お母さんに渡しなさい」

「お父さんに返しなさい。お母さんは必要ないからって、そう言いなさい」

私がつき返すと、今度は寝室に入ってきた。

「子供たちの買い物をするのに必要ないのか？」

「ないわ。もしよければ、子供たちに直接あげたら？」

夫は唖然《あぜん》としたまま、私が荷解きするのを見ていた。どうやって帰ってこられたのか聞きたい様子だったが、聞かれたとしても答えるつもりはさらさらなかった。

翌日、弁護士に電話をすると、書類はすべて検印され正式のものになっているので取りに来てほしいと言われた。夫にも同じ知らせが届いているとのことだった。

新学期が始まり、子供たちが問題なく学校に戻れたことには安心したものの、自分の仕事を見つけなくてはならない。アフリカを発つときお金を都合してくれた兄にも言ったように、九月、十月、十一月と三か月のあいだに子供たちを連れてほかの場所に住めるようにならなければ、そのときはフランスでの暮らしをあきらめてセネガルに帰ろうと心に決めていた。受難の三か月の始まりだ。

夫は案の定、夜の生活を復活させたがった。裁判所からの書類を受け取っているというのに、いつもの取り巻き連中から、「フランスでの離婚など問題ない。和解してうまくやっていくべきだ」と洗脳されていたのだ。私は心から夫をみじめに思った。

フランスに戻って早くも二日目に、夫は私の寝室で寝るといって我が物顔で入ってきた。

「なにしてるの？　接近禁止命令の書類を受け取ったでしょう？　ここは私の部屋よ。あなたにはこの部屋に入る権利はないのよ」

すると夫は、これまでになく暴力的になった。私が暮らしているのは夫の家で、夫の家にいるかぎり、妻は夫と寝なくてはならないというのが彼の言い分だった。私は、その言い分をはねつけるように、妻なら向こうの部屋にいるのだから、向こうで寝ればいい、ここに入ってくるのは問題外だと言って抵抗した。

毎晩が塹壕戦《ざんごうせん》のようだった。追い払えるときもあれば、夫をひとりベッドに置き去りにして、私は床で寝ることもあった。夫に勝たせるような真似は決してしなかった。

しかし、日常のいやがらせは日に日にひどくなっていった。

「もう、おれの妻じゃないんだろ。おれと寝ないんなら、おれのガスを使うな」

キッチンで料理をしているのは私のためだけではなく、自分の子供たちのためだということすら考えられないらしい。そこで私は木炭を買ってきて、アフリカから持ち帰った小さなかまどで炭火焼きをすることにした。ところが夫は、そのかまどにまで脚蹴りを食らわせ、粉々にしてしまった。

ある晩、狂ったように夫に殴りかかられ、私はほかにどうすることもできずにバッグとコートをひっつかみ、私についてこようとする子供たちに「すぐに戻るから、寝てなさい」とだけ言い残して家を飛びだした。そして血だらけの顔で建物の車寄せの軒下《のきした》にうずくまり、部屋に残してきた子供たちを思って泣いていた。警察に頼りたいのは山々だったが、一度、別居証明の書類を持って警察に駆《か》けこんだとき「ナイフで切りつけられたりしたわけじゃないんだから緊急でもないでしょう。明日、また来てください」とにべもなく追い返された苦い経験があった。目でもくり抜かれないかぎり苦情など聞いてもらえない、暴力が続いても誰も気に留めない、男なんてみな同じ……憤慨《ふんがい》し、傷つき、次の日また警察に出向く気にはとてもなれなかった。

車寄せの軒下で腕時計を何度も見ながら朝五時半になるのを待って、暖《だん》を取るために地下鉄の始発に飛び乗った。終点まで行くと反対車線に乗り換え、何度も往復しながら夫が仕事に出る七時半になるのを待った。

一睡もしていないというのに、まだ人気《ひとけ》の少ない車両のすみっこに腰かけていても眠気は襲ってこなかった。いったいどうやったら、この状況から抜けだせるのだろう。ほかの場所で暮らしていくにはどうしたらいいの？　あの男から完全に逃れるにはどうしたらいいの？　仕事も満足な収入もない、そのうえ住むところもなくなったら、どうやって生きていくの？　どうやって子供たちを育てていくの？　地下鉄に揺られ、私は怒りに燃えながらも、出口が見つけられない無力な自分に絶望していた。

七時半過ぎに家に戻り、子供たちを起こし、シャワーを浴びさせ、朝ごはんを食べさせて学校に送り届け、いつものように一日じゅう、仕事とアパートを探して歩いた。私はまるでなにかに憑《つ》かれたように、ひたすら走りまわった。

しばらくすると、弁護士へ払う報酬《ほうしゅう》も、離婚手続きを進める資金も尽きてしまった。法的援助を頼みに行ったが、どんな緊急事態であろうと行政機関は気持ちを揺り動かされることはないらしく、「返事は六か月先」と、事務的に言われただけだった。

八方塞《ふさ》がり。それでも、もう二度と鬱《うつ》には陥《おちい》るまいと私は必死に抵抗した。フランスに来てからというもの、多くの同郷《どうきょう》の女性が軽い落ちこみから、しだいに深刻な鬱状態に陥っていく様子を見てきた。ヒステリーを起こし、狂人扱いされるのも見てきた。キネが死んでしまったときには私も鬱に陥ったが、娘の死に鈍感な母親はいないだろう。決して忘れられない悲しみには変わりないが、それでもなんとか乗り切った。疲れ果て、薬漬《づ》けにされる自分にだけは戻りたくない。アフリカには鬱病なんてなかった。落ちこむなんて私らしくない。

できるかぎりのことをして、四人の子供を連れて、なんとかここから抜けだしたい。それができなければ、生まれた場所に帰ろう。自分に誓ったことだ。これからは決して、服従するだけの、受身の、犠牲者《ぎせいしゃ》のような人生は送りたくない。私はセネガルのことわざを頭のなかで繰り返していた。

「自分の畑は自分で耕しなさい。ただ寝そべっていても、神様は畑を耕してはくれない」

第九章

夫からの逃亡

読み書きのできない移民の女性たちにフランス語の基礎を教え、裁縫《さいほう》も教えていたが、他人を助けることは自分自身の救いでもあり、当時の私にはそれが必要だった。闘うのを、人を助けるのをやめてしまえば、すべてが台無しになってしまうような気がしていた。これが自分なりに畑を耕す方法だった。

ありとあらゆる手段を使ったすえに、私のアパート探しは市役所に住居割り当ての申請《しんせい》をするところまでこぎつけた。一歩前進したとはいえ、空き部屋が出ないことには可能性は回ってこない。明日かもしれないし、一年先かもしれない。

なにもかもが不安定な生活のなかで確かな要素があるとすれば、それは唯一、子供たちの存在だったが、その子供たちにさえ一日じゅう学校で過ごす生活を余儀《よぎ》なくさせていることに、私の胸は痛んだ。ひとりで子供たちの給食代を負担するのも容易ではなかったが、自宅で昼食をとらせる時間がないために子供たちには辛抱《しんぼう》してもらうしかなく、事情を知っている先生たちも静かに見守ってくれていた。

一方、二、三日に一度は勃発《ぼっぱつ》する避けようのない夫との口論を目《ま》の当たりにするアパートの隣人たちは、常軌《じょうき》を逸《いっ》した夫の暴力を見るに見かねて警察を呼ぶことさえあった。夫を訴えたらどうかと言う隣人もいたが、私は子供たちのことを考えてしなかった。

部屋の鍵《かぎ》を変えたいと思っても、限られた収入では子供たちを食べさせるだけで精一杯で新しい鍵を買う余裕はない。そのかわりに私は枕のしたに縫い針を潜《ひそ》ませて寝た。縫い針くらいでは、どこを突き刺しても曲がってしまうだけかもしれないが、そんな仮の防御策でも少しは安心していられた。そのうえ、夫が書類をいじくりまわして破り捨てようとするので、バッグまで抱えて寝ていた。こうして最大限の注意を払っていたつもりだったが、それでもある晩、夫は侵入してきた。

私が拒否すると、バッグを奪い取られ、滞在許可証を抜き取られてしまった。翌日、私はしかたなく、迷惑を承知のうえでおじに会いに行った。すぐに話をしに行ってくれたおじに向かって夫は、図々しくも、私の書類には指一本触れていないと主張するだけだった。しかし、しばらくして夫が「妻の滞在許可証を下水道に捨ててやった」と言いふらしているのがわかった。家庭内強姦《ごうかん》、お金、そして今度は滞在許可証。愛してなどいないくせに、ただ私を服従させる、そのためなら夫はどんな手段もいとわなかった。

なかなか目的を達せないことに夫は苛立《いらだ》ちをつのらせ、暴力は日に日に激しくなっていった。ある日、ソーシャル・ワーカーの女性が心配して、私の様子を見に家まで来てくれた。

「これ以上、あなたをここに置いておくわけにはいきません。残念ながらアパートの空きはまだありませんが、別の場所を提供することはできます」

午後になって戻ってきた彼女は市が借りあげているホテルの一室に私たちを案内し、何日かここで過ごすようにと言ってくれた。しかし、どこで聞きつけたのか、すぐさま従兄弟《いとこ》がやってきて、父親の存在が子供たちにとっていかに大切かだの、妻の思わしくない評判のおかげで夫が困りきっているだの話をさんざん聞かされ、ばか正直だった私は従兄弟の思惑《おもわく》どおり罪の意識にさいなまれ、うまくなだめすかされたあげく、子供たちを連れて家に戻ってしまった。

もし従兄弟の話に耳を貸さずにホテルに残っていれば、その時点でパリから離れたところに住まいを見つけ、別の生活が始められたかもしれない。ホテルとは名ばかりで部屋は狭くて薄暗く、決して居心地がいいとはいえなかったが、それでも殴られることもなく、自由で落ち着いていられた。それなのに、私は暴力を振るわれる家に自ら戻ってしまったのだ。口をきかないと宣言してから私は沈黙を守ってきたが、黙っていようが口を開こうが、いずれにしても殴られるのは同じだった。

十一月の万聖節《ばんせいせつ》の休みが近づいたころ、私の状況をよく知る近しい従兄弟《いとこ》が、しばらく彼の郊外の家で過ごすようにと声をかけてくれた。アパートを手に入れられなかったらどうにかなってしまう。そう思えば思うほど弱気になり、自信を失いかけていた私は、そのやさしい提案をありがたく受け入れた。警察やソーシャル・ワーカーの女性には話ができても、一番、相談に乗ってもらいたい母には夫の暴力は隠していただけに、なおさら心細かったのだと思う。暴力以外にも山積みの問題を抱えていた私は、母にこれ以上の心配はかけたくなかった。一九八九年当時、夫に暴力を振るわれている移民女性は私ひとりではなかったけれど、被害をこうむっている女性たちについて世間で語られることはほとんどなかった。殴打《おうだ》も侮辱《ぶじょく》も口に出さずに胸にしまいこんでおくものだったのだ。夜、夫に殴られると私は翌朝、必死になって跡を隠した。そしてアパートを見つけるため、仕事を見つけるために走り、市役所にしつこくせがんでは、また走った。

従兄弟の家には数日しか泊まらなかった。お金がないのに四人の子供を連れて人の家の世話になるのは気が引ける。その数日のあいだに、振りこまれているはずの家族手当で子供たちのための買い物をしようと思い、私はひとりでパリに出た。道中、ふと、市役所に電話をしてみようと思った。ひょっとしたら、という勘が働いたのかもしれない。

地下鉄を降りて公衆電話からソーシャル・ワーカーの女性に電話をした。

「ああ、ご連絡をお待ちしていたんですよ。四日前からずっと市長はあなたを探していたんです。あなた宛《あて》の手紙が二通あるのですが、ご主人に邪魔《じゃま》されるといけないと思って、送らないでおいたんです。住まいについて市長のほうから提案があるようです」

私は電話ボックスのなかで気絶しそうになった。

「本当ですか！　今すぐ、そちらにうかがいます」

「どちらにいらしたんですか？」

「逃げていたんです」

「やっぱり。昨日、同僚《どうりょう》がお宅をのぞきに行ったんです。でも、あなたたちの姿が見えなかったので、ひょっとして国に帰されたのではと心配していたところです」

私は銀行に走り、家族手当が振りこまれているのを確認し、半分を引きだしてタクシーに飛び乗った。膨大《ぼうだい》なタクシー代を払うことになるだろうが、今日だけは羽目《はめ》をはずしてもいい。

頭のなかでいろいろな考えが飛び交い、まるで太鼓《たいこ》でも鳴り響いているようだった。タクシーの運転手に話しかけられても、なにも耳に入ってこない。脚ががたがた震えて、タクシーを降りるときに転びそうになった。それでもソーシャル・ワーカーの事務所に向かって走った。

「アパートが三か所、空きました。そのなかから選んでください」

「一番遠いところにします」

私が間髪《かんはつ》を容《い》れずに答えると女性はくすっと笑ったが、私の目からは涙があふれでた。

「三か所、見たうえで決めたらいかがですか」

「いいえ、いいんです。今の住まいから一番遠いのはどのアパートか教えてください」

それはアフリカからの移民が多く住む集合団地の3LDKだった。集合団地でも私には夢のようなお城に思えた。感動のあまり鉄砲玉《てっぽうだま》のように走りだしてしまってから、お礼もさよならも言わなかったことに気づき、大急ぎで戻って大声でお礼を言い、新しい住まいに向かって一《いち》目散《もくさん》に走りだした。建物の前に着くと、あいにく昼休みのために管理人が出かけており、三時まで戻らないということだった。私は朝からなにも食べていないというのに空腹さえ感じず、建物の前で待つことしか考えられなかった。見ても見なくても、この部屋を選ぼうと決めていたが、規則で一度見てから返事をするということになっていた。

三時十分前に管理人の部屋の前に立ち、扉《とびら》が開くなり市役所で受け取った書類を見せ、すぐに部屋を見せてほしいとお願いした。管理人に案内されて部屋へ向かうあいだにも、すでに胸の鼓動《こどう》が速くなっていた。扉が開かれると、そこには広々した、しかも、壁のペンキが塗りなおされたばかりの清潔な空間があった。私は床にぺたりと座りこみ、管理人がいることも忘れて、子供のように声をあげて泣いてしまった。

人生始まって以来の、最大の勝利。安心すると同時に、解放感で涙が止まらなかった。これで悪夢が終わる。夫やその仲間に騒ぎ立てられようが、ののしられようが、なにを言われようがかまわない。私は自由だ！

書類にサインをするために喜び勇んで市役所に走ると、またしても問題にぶちあたった。部屋の契約には給料の明細書が必要だった。フランス語を教えているといっても、それはボランティアで、私は給料を受け取っていない。ただ、せめて交通費は支払うと言ってくれていたのを思いだし、その分に関してだけでも明細をもらおうと、今度は団体の所在地に向かって走った。息を切らしながら代表者に問題を説明し、最低限必要な三か月分の明細を作ってもらい、市役所に戻って書類を提出した。そして一週間後、再び市役所に呼ばれ、賃貸借《ちんたいしゃく》契約書に署名をした。

市役所を出たとたん、私は狂ったように笑いだした。まわりにいた人たちの目には気がふれた女に映ったかもしれないが、そんなことはどうでもよかった。私は自宅に戻るかわりに勝ち取った集合団地へ向かい、今度はひとりで、正式な借家人として部屋の鍵《かぎ》を開けてなかに入った。自由と自立を象徴するこの場所で、壁や床、窓をこの目でもう一度、じっくりと眺めてみる必要があった。待ち焦《こ》がれていたこの幸せを、心ゆくまで味わいたかった。精神的、肉体的拷問《ごうもん》の場だった監獄のような夫との部屋から抜けだすため、長い年月をかけて闘ったすえに手にした、この私だけの部屋。その部屋の隅々まで眺めながら、私は市役所のソーシャル・ワーカーの女性たちに対する感謝の気持ちで胸がいっぱいになった。彼女たちは親身になって私を支え、私のために奮闘してくれた。神様は私を見捨てることなく、私の祈りに耳を傾け、いつも見守ってくれていた。最悪のときでも、がんばる力を与えてくれた。私はひとりで叫んでいた。「ありがとう！」

家に戻って子供たちの顔を見ると、話さずにはいられなくなった。私は「みんな、ついてきなさい」という言葉を飲みこんで、言った。

「私についてきたい子はついてきて。お父さんとここに残りたい子は残りなさい。これは、あなたたち自身が決めること。無理やり、あなたたちからお父さんを取りあげるつもりはないから」

十三歳の長女は中学に、十一歳の次女と八歳の長男は小学校、四歳の末っ子は幼稚園に通っていた。子供たちは四人とも、暴力に支配される悲惨な家庭環境に耐え切れずにいたのだろう。みなが声をそろえて言った。

「ここに残るわけないじゃない。お母さんについていく」

「わかったわ。でも、これは秘密よ。もし、お父さんに新しいお家を見つけたなんて言ったら、そのときは舌をちょんぎるからね。いい?」

脅迫《きょうはく》じみた言葉を使って悪かったとは思うけれど、なにもわからない四歳の娘はともかく、秘密を厳守させるにはこう言うしかなかった。なにがあっても、今、私たちの行き先を父親に知られてはならない。

私はさっそく引っ越しの準備を始めた。子供たちが学校に出かけるや、できるだけたくさん服を重ね着して、細々《こまごま》したものをバッグに詰めてタクシーに乗った。二番目の妻の部屋の窓は中庭に面しているので、私が出ていく姿は見えない。鉢合《はちあ》わせする危険を避けるために、玄関を通らず、窓から荷物を投げ、次に自分が飛び降りて荷物を拾って出ていくこともできた。引っ越し用の大きなトラックを借りるお金はなかったので、秘密を知っていたフランスのお母さんニコルの協力を得て、大きなスーツケースや荷物は彼女の地下倉庫で預かってもらい、最後の最後に持ちだすことにしていた。音も立てず、目にも見えないネズミのように少しずつ進めていったおかげで、寝室の荷物を片づけても夫にも二番目の妻にも気づかれずにすんだ。タンス、テレビ、それに不幸の象徴のようなベッドは置いていくと決めていた。持っていけば、不幸までついてくるような気がしたのだ。さしあたり、自分の服と子供たちの服、毛布とシーツ、台所用品、これだけあれば十分だ。

新しい学校への転校の手続きも済ませ、いよいよ、最後の日がやってきた。残っているのは台所用品を詰めこんだたらい、毛布とシーツなどの大きな荷物だけ。女友達の恋人の男性が小型トラックで来てくれるという言葉を信じて待っていたが、ぎりぎりになって約束は破られ、おかげでひとりでニコルの倉庫から運びださなくてはならなかった。

夫の帰宅は八時ごろ。それまで二番目の妻は大好きなテレビ番組に釘づけになっているはずだ。今がチャンスと、私は大きな荷物を引きずりだし、建物の前でタクシーが来るのを待った。目の前で止まったタクシーの運転手はマリ人で、とても感じのよい男性だった。こうして子供たちとともに、私はそっと、まるで逃亡するように姿を消した。正々堂々と出ていきたかったけれど、残念ながらそれは無理な相談だった。

遠いとはいっても十五分後には新居に到着していた。ベッドもテレビも家具もなかったが、マットレスは翌日、共済団体からもらえることになっていた。居場所を突き止められる危険を避けるためにも、電話はしばらくのあいだつけるつもりはなかった。

古い冷蔵庫を人から譲《ゆず》り受け、テレビは裁縫《さいほう》を教えているお金が入ってくるのを待って買うことにした。子供たちが孤立してしまうのは避けたかったが、しばらくのあいだは外に遊びに行くのは控えさせた。復讐心《ふくしゅうしん》から子供たちを誘拐《ゆうかい》して故郷の村に送り、二度と取り戻せないようにする男たちもいると聞いていたので、怖《こわ》かったのだ。夫もやりかねない。

転校したばかりの学校で知り合った人たちが協力し合い、古い家具などを運んできてくれたおかげで、少しずつではあるけれど生活の場らしい空間になっていった。

ベッドとテーブル、そして、真っ先にでもほしいと思っていた冷凍庫を自分で買った。おそらく母から引き継いだ感覚のひとつだろうが、子供たちにひもじい思いだけはさせたくないという強迫観念がいつでも頭にあり、たとえ私が家にいなくてもおなかが空いたときに子供たちが食べられるものを冷凍庫に常備しておきたかった。

集合団地の家賃は月々およそ二千フラン。月末になると、たいしたお金は手元に残らなかったが、幸い、私にはミシンがあったので、アフリカの女性たちの衣服を作る仕事を続けられた。長衣《ちょうい》一着で五十フラン。これでなんとか持ちこたえられる。寝室を振り分けられたおかげで、初めて子供たちは落ち着いて宿題のできる場所が確保できた。

すべてが順調に進んでいると思った矢先、信頼できるおじが親しい従兄弟《いとこ》たちと一緒に家にやってきた。私は快く迎え入れたが、すぐさま、空気がぴりぴりしはじめた。家族会議の始まりだった。

「こんなに大きな部屋も見つかったことだし、夫と仲直りをして二番目の妻も含め、ここでみんな一緒に暮らしてほしいんだが。部屋なら十分にあるだろう」

信用して家にあげた私が愚《おろ》かだった。

「あなたたちは最初からなんにもわかっていないのよ。それこそが問題だわ。気まぐれでここに越してきたとでも思うの？　夫には二度と会いたくないの。ここは、私の家よ！」

「落ち着け、落ち着くんだ」

「私は冷静よ。もう一度、言うわ。この結婚はもう終わったの」

彼らには、離婚についても別居についても、話すだけ無駄《むだ》だ。人の話を聞こうとも、考えてみようともしない。壁と向き合って頭をぶつけているようなものだ。

「おまえの夫なんだぞ。おまえと暮らすべきだ」

「いいえ、もう終わったの。顔も見たくない」

「子供たちから父親に会う権利を奪うことだけは許さないぞ」

「最初からそんなつもりはないわよ。子供たちには、父親に会いに行くには地下鉄に乗って三つ目の駅で降りればいいだけ、私に前もって知らせてくれさえすれば、いつでも好きなときに会いに行っていいと、ちゃんと言ってあるわ」

彼らは帰っていったものの、心の平静を取り戻すのには時間がかかった。おじと従兄弟たちの圧力がそう簡単におさまるとは思えない。水面下でなにが起こっているかは、手に取るようにわかった。おじや従兄弟たちにそそのかされ、夫は二番目の妻とその子供たちを連れて、この部屋に移り住みたくなったのだ。

漠《ばく》とした不安にさいなまれた私は、その晩さっそく子供たちに警告した。

「これから大事なことを言うから、よく聞いて。ここから空港まではそう遠くない。あなたたちを直接、ダカールや村まで連れていくのは難しいことではないわ。いったん連れていかれれば、私があなたたちの居所を見つけだすまで、どこかに閉じこめられることになるの。だからよく覚えておいて。空港へ向かう道には気をつけること。いい？　しっかり頭に入れておくのよ」

最初の訪問からしばらくして、再びおじが仲裁《ちゅうさい》の目的でやってきた。二番目の妻を家に入れたくないと言うのなら、少なくとも二日に一度は夫が泊まりに来ることを承諾《しょうだく》すべきだというのだ。

「この結婚は持続させるべきだ。おまえの夫は、あくまでも、おまえの夫だ。この家に泊まりに来る権利がある」

一夫多妻を復活させようというわけだ。今度という今度は怒りを抑えられなかった。

「私は壁にでも向かって話しているわけ？　何度言ったらわかるの？　彼女のことも彼のこともどうでもいい。この結婚自体、おしまいだと言ってるの。私のことには、もう口出ししないで。放っておいて！」

やっとのことで平静が訪れたと思ったのもつかのま、午後一時ごろ、呼び鈴《りん》が鳴ったので扉《とびら》を開けると、なんと夫が立っていた。

なにがあっても夫だけは家に入れたくなかった。私はとっさにバッグをつかんでドアを閉め、鍵《かぎ》をかけて夫をドアの前に置き去りにし、大急ぎで建物を出たが、夫はあとをついてきた。家の前でバスに乗ると、夫も飛び乗ってきた。タイミングを見計らって、バスの扉が閉まる直前に飛び降り、別のバスに飛び乗って、なんとか夫をまくことができた。いったい、いつになったら、私を放っておいてくれるのだろう。

「逃亡」する前、夫は怒りに駆《か》られてよくこう言っていた。

「おまえはどこにも行けやしない。いつか出ていくと口癖《くちぐせ》のように言っていながら、出ていったためしがない。万が一、出ていったとしても、必ず戻ってきて、おれの前にひざまずいて許しを請《こ》うに決まってるさ」

永遠に夫のもとを離れることなど、できるはずがないと信じていたのだろう。

夫や従兄弟《いとこ》、それに友人たちによる「結婚を続けるべきだ」という執拗《しつよう》な不意打ち攻撃は、半年ものあいだ続いた。地下鉄や通りでばったり会っても「子供たちのためにも、結婚を続けるんだ」と迫ってくる。しかし、私が強硬《きょうこう》な態度を崩さないのを見て、さすがの彼らも、私はもう話さえ聞きたくないのだと理解したようだった。私はおじに言った。

「自分に大きな欠点があることに、今になってやっと気づいたの。いったん背を向けて、もうおしまいと言ったら、二度と引き下がれない。私のせいで国の一族がもめていることにもこれ以上耐えられない。本当におしまいにしたいの」

子供たちはほとんど週末ごとに父親に会いに行っていた。一度、一番下の娘を数日間父親に預けたことがあるが、しらみだらけの頭で戻ってきた。あの女は子供の世話すら満足にできないのか、そうでなければ、私に対する恨《うら》みを娘に向けようとしたのだろう。

一九九〇年二月のある日曜日、子供たちが父親の家に泊まりに行っていたので、久しぶりに外出することにした。その少し前に、離婚の手続きを進めるため裁判所に赴《おもむ》いたところ、アフリカから弁護士の資格を取りにやってきた知人と出くわし、パリをよく知らないという彼に街を案内すると約束していたのだ。私の抱えている問題も家族の事情もなにも知らない相手と出かけるのは、いい気分転換になった。大好きな地区を案内して歩き、気持ちのよい散歩を終えて午後の五時ごろ家に戻ると、扉《とびら》を開けたとたんに子供たちが飛びついてきた。

「パパのところなんて、もう二度と行かない、絶対に行かない！」

幸い子供たちは鍵《かぎ》を持っていた。持っていなければ国の社会保健衛生局に連れていかれるところだった。子供たちの話では、夫は子供たちに向かって「おじさんのひとりを空港に見送りに行く」と説明したらしい。夫と共謀《きょうぼう》したその「おじさん」とは、私の目にはこうした悪事からはもっとも縁遠《えんどお》く見える従兄弟《いとこ》だった。

「空港に着いたらパパの仲間が何人もいて、私たちの腕をつかんで、なにか言おうとするたび、すごい勢いでつねったの！」

父親は四人の子供を含めた五人分のチェックインをした。私の署名が入っている古い家族手帳を使ったのだろう。父親の仲間に押さえつけられてなかなか抵抗できずにいた三人は、彼らの手を離れて搭乗《とうじょう》待合室に入ったとたん、空港内のパトロールをしている制服姿の警官に気づき、大急ぎで彼らのもとへ走った。

「お父さんに無理やり、連れていかれそうなんです。お母さんはなにも知らないのに！」

このとき一番下の娘は父親の腕に抱かれて眠っていたという。もしあの娘がひとりだったら、私は二度とあの娘には会えなかったのだ……

市内の警察署に保護された子供たちは、ひとりひとり別々に質問をされたが、みんながあらかじめ示し合わせることもなく、まったく同じ話をしたおかげで、警察に信じてもらえた。

そのあいだに彼らの父親は適当な言い訳をして、次の飛行機にでも乗ったはずだ。警察は子供たちを家まで送り届け、隣人に確認して家に置いていった。

話を聞きながら私は体の震えが止まらなかった。もしその時間、隣人がいなかったら、もし子供たちが鍵《かぎ》を持っていなかったら、そのまま警察に保護され、施設にでも連れていかれたかもしれない。しかし、父親の言いなりにならず立派に抵抗した三人を、私は誇りに思った。「空港への道には注意しなさい」と言った母親の言葉を忘れてはいなかったのだ。

私は翌月曜の朝にすぐ警視庁に行って、子供たちの国籍証明の発行を依頼した。私自身もフランス国籍の取得を申請《しんせい》した。それまで私はセネガルの色でいることのほうを好んでいたのだ。

フランスにおける離婚は、訴訟《そしょう》費用の援助を受けられたこともあって順調に進んでいたが、宗教上の離婚には到達できずにいた。そもそも夫は最初から離婚など考えもしなかったし、譲《ゆず》るはずもなかった。しかし、さすがの夫も煩《わずら》わしくなったのだろう、悔《くや》しまぎれに、捨て台詞《ぜりふ》でも吐くようにこう言った。

「この結婚はおまえの両親が決めたことだ。彼らに頼んだらいいだろう。おれを煩わせるな」

イスラム教のアフリカ女性はいつでもなんでも頼まなくてはいけない。自由に振る舞えるということがありえないのだ。

私はアフリカ女性として生まれ、イスラム教信者として育った。それでも、女性たちを一生閉じこめようとするシステムには、これまでもかたくなに抵抗してきたし、これからも抵抗しつづけていくつもりだ。

一族が私の離婚に同意し、必要な手続きをしてくれるよう頼むために、私はアフリカへと旅立った。


まず話をする相手は、ダカールにいる父親だ。

「お父さん、結婚を解消する手助けをしてほしいんです」

父は前回と変わらず、批判もしなければ、質問もしてこなかった。私の評判をめちゃめちゃにしようとしている夫の試みは当然、父の耳にも届いていたが、それについてもノーコメントだった。

「結婚がうまくいかなくなったら、ふたりを引き離す、それだけのことだ。ののしり合ったり、恨み合ったりしても無駄《むだ》だ。ただし、現在の年長者である兄のところに話しに行かなければならない」

このおじは父の兄であると同時に、夫の従兄弟《いとこ》でもある。これがソニンケ族の複雑な伝統のなせる業《わざ》だ。私の生まれた土地には、生まれたばかりの娘の腕に、布切れを巻きつける習慣を今でも守っている母親たちがいる。これは、「この娘はうちの息子のために予約済み」という意味だ。良き母であれば誰でも、家系を絶やさないために娘を血のつながった従兄弟《いとこ》と結婚させたがる。近親結婚に不安を抱く者がいないのは、単に知識がないからにほかならない。それゆえ、幼いうちに切除された、初潮《しょちょう》を迎えたばかりの若すぎる娘との強制結婚が一般的なこととしてまかりとおっているのだ。一族の名にふさわしいソニンケの男なら、「不純な」女とは決して結婚しない。

私は結婚させられたときと同じ手続きを踏んで離婚を取りつけた。男たちの口頭による同意で、いとも簡単に結婚は解消された。もちろん、嬉しかったし、安心もした。しかし、アパートを手に入れた瞬間とは比べものにならなかった。

私にとって最大の勝利は、自分のアパートの鍵《かぎ》を手にしたことだ。あのときほど嬉しかった瞬間はない。びくびくすることなく、「ただいま」と大きな声をあげながら扉《とびら》を開けられる幸せ。重ね着もせず、枕のしたに針を忍ばせたりもせずに、自由に手足を伸ばして眠れる幸せ。子供たちに嘘《うそ》や隠し事をしないですむ幸せ。

とはいえ、両親や親族への敬意にとらわれすぎていた私は、彼らの同意を得ないかぎり、百パーセントの心の平安は得られなかった。実際にフランスでの離婚を勝ち取ったのは一九九七年と先のことだが、宗教上の離婚が成立したことで、私は決定的に自由になった。

夫は子供たちの父親でありつづけ、私は闘いを続けながら、自分で自分の人生を切り開いていく。

第十章

歩きつづける私

私が『GAMS』（女子性器切除廃止のための女性の団体）の活動に参加しはじめたのは、一九八六年に団体の副会長で通訳も務めるクンバ・トゥーレに出会ってからだ。GAMSはアフリカ女性とフランス女性で結成された、非宗教かつ政治色のない団体で、女子性器切除だけでなく、強制結婚や早すぎる結婚、近親結婚などの悪習を食い止めるために闘っている。おもな仕事は、女性たちに情報を流し、女性たちの意識改革をすることにある。性器切除された女性の大半が損傷を負っており、出産するたびに会陰《えいん》切開、あるいは帝王切開をせざるをえない。さらに、十分な間《ま》をおかずに四人から十数人と出産を繰り返すと、問題がより深刻になる場合が多い。しかし、女性たち自身が声をあげないために、こうした問題はほとんど認識されていない。

産婦人科の検診など女性たちに出会える場に出向き、性器切除によって引き起こされる損傷、泌尿器《ひにょうき》の問題、出産時の困難、合併症や感染症などについて丹念《たんねん》に説明していくのは、手間と時間のかかる、忍耐を要する仕事だ。しかし、生まれてきた娘たち、あるいはこれから生まれてくる娘たちに対して一生涯苦しむことになる野蛮《やばん》な因習《いんしゅう》を繰り返させないようにするには、母親たちの意識改革こそがまずは必要なのだ。

また、この切除が宗教とはなんら関係のないものだということを納得させるには、アフリカの見識あるイスラム指導者の介入《かいにゅう》が不可欠だ。何世紀も前から繰り返されるうち恐ろしいまでに蔓延《まんえん》してしまった悪質な嘘《うそ》を取り除いていく仕事は、彼らの存在抜きには考えられない。まず、コーランを正しく読んでいないにもかかわらず国民に敬意を払われているような出来の悪い指導者を教育し、この野蛮な因習は宗教上の理由によるものではないと明言してもらわなければならない。男たちのエゴにより、とんでもない理由をつけて推奨《すいしょう》され、続けられてきたのだということを、人々に知らしめなくてはならない。

第五章で触れたように、私は、一九七九年、性器切除をしたことが原因でマリ人の女の子が亡くなったと聞かされたことで、初めて疑問を持ちはじめた。ボボ・トラウエという名の女の子。なにも知らなかった私は、すでに三人の娘を犠牲者《ぎせいしゃ》にしてしまっていた。ほかの多くのアフリカ人女性と同じように、長いあいだ、きわめて自然に、この切除を「受け入れて」いたのだ。

ボボの切除をした女性の裁判を機に抗議運動が起こり、フランスのメディアが大々的にボボの死を報じはじめたのは、彼女の死から三年後の、一九八二年のことだ。この報道により、多くのアフリカ人、そしてフランスの社会が、それまで公《おおやけ》に語られることがまったくといっていいほどなかったこの問題に目を向けることになった。私も、顔に冷水を浴びせられたように、真実を認識した。民俗学者や研究者がこぞってこの問題を取りあげるようになり、夜のニュースは突如として「アフリカ人は野蛮《やばん》だ」と報じはじめた。

最初の報道からしばらくして、通訳として働いていた移民サービスの場でも、小児科医たちから真剣に質問をされるようになった。この慣習の起源についてよく知らなかった私は、もっと知りたいと思い、ちょうど個人的な問題が解決に向かっていたこともあって、パリの女性センターの月例会議に積極的に参加するようになった。

ボボの一件からフランス全土に議論が広まりつつあったとき、団体の代表として私たちにもテレビの討論番組出演の機会がめぐってきた。パネラーのなかには、国の伝統に介入《かいにゅう》するフランスを非難する割礼擁護《かつれいようご》派のアフリカ人男性や、アフリカ女性のことを責任を自覚できない無知な者と形容する弁護士もいた。社会のシステムに服従しているだけで、アフリカの女性は、十分に学校に通えなくても、無知ではない。もし誰もこの真実を口にしなければ、彼女たちに欠けているものがあるとすれば、それは「真実」だ。もし誰もこの真実を口にしなければ、進化する術《すべ》を与えられているはずの国にいながら、沈黙し、服従したまま生きていくことになる。弁護士という法をつかさどる仕事についている者の口から出た愚劣《ぐれつ》な発言を聞きながら、私ははらわたが煮えくりかえる思いだった。

驚いたことに、女子割礼を奨励《しょうれい》するアフリカ人女性の活動家もいた。ガーナ出身のその女性は、切除されたことを誇りに思っているらしく、性的にもなんの問題もないと主張した。

「女子割礼はよいことです。もう一度受けられるものなら、喜んで受けます」

この欺瞞《ぎまん》に満ちた発言には黙っていられず、私は反論した。

「人それぞれ好きなことをすればいいと思います。もし、したいなら、何度でもしたらいいじゃないですか。でも、よいこと、という発言には、断固として反対します」

私は自分の体に残っている損傷を認識できる。それに加えて、娘たちにまで切除をさせてしまったことに大きな後悔の念を抱いている。だからこそ、母がよく言っていた「口の悪さ」を、真実のために、今こそおおいに役立てたいと思っている。

ばかげた討論番組のあと、私はいよいよ戦闘的になり、この件について話をするためならどこへでも出かけていくようになった。とはいえ、団体の全員がボランティアとして活動している以上、生きていくため、子供たちを食べさせていくためにほかの仕事にも時間を割かなくてはならず、また資金不足のせいで満足にコミュニケーションをとれないこともままあり、活動を続けていくにはなんとしても国の援助が必要だった。

私は一九八〇年代にいくつかの職業教育を受けた努力の甲斐《かい》があって、看護師助手になるための研修を受けた病院で働き口が見つかった。死に直面している患者さんたちの世話をする仕事。精神的にも肉体的にも決して楽とはいえない大変な仕事だったが、夜の八時から翌朝の八時までという夜中の時間帯を割り当ててもらえたおかげで、日中はそれまでどおり団体の活動に当てることができた。

子供たちも大きくなり、自宅に泊めていたセネガル人の従姉妹《いとこ》のおかげで、以前よりは孤独を感じないようになっていた。夫婦の問題が悪化したとき私をののしったアフリカ人のコミュニティとは、すっかり距離を置くようになっていたので、彼女は真の友達といえる大切な存在だった。睡眠時間をけずって仕事と活動に走りまわる私を支えてくれたのは、彼女と、そして活動家仲間、アフリカ人の友達など、コミュニティとはまったく関係のない人たちだった。

二〇〇二年から、私は女子性器切除撲滅《ぼくめつ》のための、ヨーロッパネットワークの主宰《しゅさい》を務めている。

夫の暴力やコミュニティの圧力に苦しめられた移民第一世代の犠牲者《ぎせいしゃ》である私たちは、効率よく闘うために私生活を白日《はくじつ》のもとにさらさなくてはならなかった。移民の女性たちにフランス語の初歩を学んでもらうために、わざわざ夫のもとを訪ね、「あなたの妻が授業に参加する許可をください」と懇願《こんがん》しなければならないこともしばしばあった。奇跡的にいつも説得に成功してきたが、こうした協力関係を強化していく目的で、このネットワークはできあがったのだ。

ネットワークのおかげで、今では若い世代の女性たちも闘いに参加してくれるようになった。なかには娘の性器切除を拒否するために闘いながら、自分の切除された部分の修復手術をしようとする女性もいる。フランスの形成外科医が開発した新技術のおかげで、修復が可能になっているのだ。私たちにつきまとう、この空虚、不在を一般の女性に理解してもらうのは難しいが、女性として当然持ちうるはずの性生活を求める女性がますます増えているということだ。とはいえ、手術を受けるには、幼いころに経験したのと同じ苦しみを乗り越える心の準備が必要だ。傷跡のことを忘れる瞬間はあっても、苦痛を忘れることはない。修復手術に伴《ともな》うのはほかでもない、この苦痛だ。だがそれは、人から押しつけられるのではなく、自ら望むこと。これは天と地ほどの大きな違いだ。

それにしても、一度失った部分を取り戻すというのは、とても不思議な感覚だろう。「復元された」若い娘たちに会ったことがあるが、GAMSの活動家に告白した最初の娘は私たちを大笑いさせた。

「私にはクリトリスがあるの！　最高よ！　ぶるぶるしちゃうの！」

二十歳の彼女には恋人がいて、未来がある。彼女と同じことを望む娘たちは、次々現れるだろう。

しかし、手術をすれば問題がなくなるとは口が裂《さ》けても言えない。

修復手術が可能になったからといって解決策が見つかったわけではない。この世から、悪習を根絶することこそが真の解決だ。そのためには法律だけでは不十分であり、法整備と並行して、問題意識を持たせること、意識改革をしながら教育を施《ほどこ》すことが大事なのだ。

狭い独房《どくぼう》に閉じこめられ、手足を縛られていたとしても、考える自由は残されている。体は動かなくても、脳は自由に動かせる。

私自身、女性としての体は自由を奪われているように感じていたが、考える自由はあった。誰かが証言しないかぎり、真実を伝えていかないかぎり、問題の解決には近づけない。だがそうは思っても、頭のなかにある考えを女性たちの前で話せるようになるには時間が必要だった。ようやく重い腰をあげて講演を始めた最初のころは、自分が奇妙な生き物か見世物にでもなったような気がして、ひどく気づまりだった。

好奇の目で見られているのではないかと、話をしながら人の視線が気になり、講演を始めたとたん、すぐにその場から逃げだしたくなったこともある。人前に身をさらして、こんなところで一体なにをしてるの？　なぜ、こんな話をしなきゃいけないの？　どうして、私なの？

一般的な話をしているというのに、生々しい個人的な質問を投げかけてくる聴講者もいた。

「あなたはセックスするとき、どんな感じがするのですか？」

こうした質問にきまじめに答えることはほとんどない。たくみに話題を変えるか、場合によってははっきりと拒否することもある。

「プライベートなことにはお答えできません」

穏《おだ》やかに答えてはいても、居心地が悪く、恥ずかしくて、体が震える。初めて講演をしてこうした質問を受けたとき、会場を出た私は強姦《ごうかん》でもされたような気持ちになっていた。

しかし、しばらくして思いなおした。私はほかの女性たちが前進していけるように、犠牲《ぎせい》を払わなくてはならない。みんなのために闘っているのだから、これくらいなんでもないこと、慎《つつし》みはいっとき忘れて続けるしかないのよ、と。

今では質問をしてくる人の顔を見て、どう返答するか決めるようにしている。

アフリカ人の男性が相手なら、「切除されていない女性に会いに行って、違いを教えてください。私にはわからないので……」と答える。白人の女性には、「あなたは白人で、私は黒人です。逆だったらと想像してみてください。体験していないことについては、なにも言えません」

今では、どんな質問にも動じない。私たちは、もう引き返せないところまで来ている。あとを引き継いでくれる若い人たちのために、前進し、道を切り開いていくしかない。

とはいえ、今でも唯一、困惑《こんわく》させられるのは、娘たちに関する質問だ。一度、テレビ番組で聞かれたことがある。

「あなたの娘さんたちは女子割礼《かつれい》しているのですか？」

長女と次女は従姉妹《いとこ》にされるがままになり、三女には「許可」を与えた。かといって切除した従姉妹を恨《うら》んだことは一度もない。この件で責める者がいるとすれば、それは母親である私自身だ。まだ若かったからとか、知らなかったとか、母や祖母たちの話を鵜呑《うの》みにしていたからとか、いろんな言い訳をして心の負担を軽くすることもできただろう。しかしもっともつらいのは、娘たちの話を持ちだして、彼女たちのデリケートな傷を暴露してしまうことだ。母親とはいえ、そんな権利は私にはない。かといって、嘘《うそ》はつけない。だから正直に答え、答えたことでひとり苦しむことになる。苦しむたびに、娘たちが理解し、私を許してくれることを心の底から願う。そして自分自身の責任とも立ち向かう勇気を持たなくてはならないと言い聞かせるのだ。


二〇〇五年二月、女子性器切除撲滅《ぼくめつ》のために闘うヨーロッパの団体の代表として、謙虚に、そして誇らしく、国連の記念式典で発言する日がやってきた。

それは、六千に近いNGOが一堂に会する、女性の権利のための四十九回目の総会だった。

女性への暴力を撲滅《ぼくめつ》するため十年前に北京で採択《さいたく》された提言を、すべての政府が全面的に決議したと知って、アリのようにこつこつ働きながら底辺を支えてきた活動家の私たちは歓喜の叫び声をあげた。これからすべてが変わっていく、そう思っただけで、私は天にも昇るような気持ちだった。

しかし、その晩、翌日チューリッヒで行われるユニセフの会合で読みあげることになっていた原稿に目を通していると、現実に引き戻された。過去のすさまじい日々の記憶が映画のように次々と蘇《よみがえ》ってきて、涙が止まらなくなってしまった。

一九七五年、初めて女性の権利を議題にした総会がメキシコで開かれてから、三十年の月日が流れていた。ちょうど私がフランスにやってきたころのことだ。あれから何人の女性が苦しんだことだろう。そしてこれから、何人の女性が苦しまなくてはならないのだろう。私が闘ってきたように、これからも女性は闘いつづけなくてはならないのだろうか。男性たちが「女性の権利」という言葉の意味を知らない国はどのくらいあるのだろう。男性の政治家たちによる〝見事な〟演説を聴きながら、〝偉大な瞬間〟を経験したところだったが、本当ならあの場で叫びたかった。「口先だけの演説なんかやめて、半世紀も先にならないと実行されないような決議採択《さいたく》をするかわりに、女性たちの生活を間近に見に行って！」と、苦痛と怒りをぶつけたかった。

終わりの見えない闘いに疲れ果て、くじけそうになることもある。三年前、イタリアで活動家として賞を受けたときも、すべてを投げ捨ててしまいたくなった。その賞は、結婚を拒否したために顔を焼かれたバングラデッシュの女性にも与えられたが、私はその女性の傷跡だらけの顔を見ているうちに、とどまることを知らない男たちの暴力に対して私たちのやるべき仕事が果てしないものに思えて、狂ったように泣いた。

それでも、どんなにくじけても再び勇気を奮い起こし、ニューヨーク、ジェノヴァ、チューリッヒと、世界の都市を今も歩きつづけている。私は自分の足が動くかぎり、虐待《ぎゃくたい》され、辱《はずかし》められてきたアフリカ女性のメッセージを伝えるために歩きつづけるつもりだ。

「歩きすぎる」と注意ばかりしていた母も、もうなにも言わなくなった。闘う娘の姿を誇りに思っていてくれるのだと思う。そうであればいいと思う。母のために私の言葉のひと言ひと言をソニンケ語に翻訳し、母に捧げたい。

学校に通わせてくれた母、そして父に感謝しなくてはと心から思う。考えることを禁じられていたとしたら、それは私にとって肉体的な切除よりもつらいことだったろう。

最低限の教育であれ、幼いころに受けた教育があったからこそ、私は進歩し、理解し、自分自身で得た情報を広めていけるまでになったのだから。

エピローグ

どんな勇気でも持てた私だが、唯一、男性と出会って人生をやりなおす勇気だけは、なかなか持てなかった。離婚を勝ち取って新しい生活を始めても、幼い日の結婚以来、つねに男たちに対して不信感と憎しみのような感情を抱いてきた私にとって、ベッドはあいかわらず脅威《きょうい》と危険の象徴のように思えていた。

それは偶然の出会いだった。友達に子供が生まれて、アフリカ式の洗礼をしてから仲間内でお祝いをしている席でのこと。私を見初《みそ》めたらしい四十代半ばの、白髪の目立つ彼が友達にその気持ちを伝えると、その友達は私が恋人も作らずにひとりで閉じこもって生きているのを見て、一刻も早くこんなチャンスが訪れるのを心待ちにしていたようで、私の了解も得ずに彼に電話番号を教えたのだった。

ヨーロッパの北部に住んでいるこの男性は一年近くものあいだ、粘り強く私に電話をかけてきた。初めての電話のとき、私は彼のことをまったく思いだせなかっただけでなく、話をする気にもなれず、失礼にならないようにただ返事をするだけだった。そのうち、月並みな話題ではあったけれど彼との会話が楽しくなりはじめたころ、家に遊びに来ないかと誘われた。私は突然の誘いに戸惑《とまど》い「考えて、お返事します」と言いながらも、返事をしないでいた。自宅で一緒に暮らしていたセネガルの従姉妹《いとこ》と仕事仲間でもっとも親しくしていた白人の友人には、この遠距離電話だけの奇妙な関係の話をしていたので、週末誘われたことを相談すると、ふたりとも私をせきたてるように言った。

「行かないなんて、どうかしてるわ。週末の休みだけのことでしょ。少しは動きなさい。気分が変わるわよ」

とはいえ列車に乗って知らない場所に行く、しかも電話で話しているとはいえ未知の男性に会いに行くには、かなりの勇気がいった。相手が白人であることが問題なのではなくて、単に男性であることが問題なのだ。自分をガードするように口を閉ざしていると、しばらくして、また彼から電話があった。

「実はぼくの誕生日なんです。列車のチケットをプレゼントしますので、ぜひ、いらしてください」

列車のチケットを買って招待してくれるですって？　いったい、なにが望みなの？

仕事仲間の友人は笑いながら言った。

「列車の席なら私が予約してあげるから行ってらっしゃい。彼はナイス・ガイよ。それに彼にはアフリカの友人が多いの。なにを怖《こわ》がってるのよ？」

こうして、ある金曜日の午後、子供たちの面倒を従姉妹に頼んで家を出た。列車の席に腰かけ、いよいよ冒険が始まったと思った矢先、最初の停車駅で車内の空調が故障した。席に座ったまま列車が発車するのを待つあいだに、突然、私はとてつもない不安に襲われ、頭のなかがパニックになってしまった。おそらく、向き合って座っていたのが男性だったからだろう。会ったこともない男性に会いに行くなんて、どうかしてるわ。もし殺されたらどうするの。殺されてバラバラ死体にされるかもしれない。暖炉《だんろ》に放りこまれて焼き殺されるかもしれない。そうしたら、私は永遠に、誰からも見つけてもらえない！

どこからこんな恐ろしくもばかばかしいシナリオが出てきたのか自分でもわからない。友達も子供たちも従姉妹も、私の行き先だけでなく、彼の連絡先も知っているというのに。しかし、考えだしたら最後、どうにもならない。帰りのチケットを買って、パリに帰らなきゃ、家に帰らなきゃ。しかし、修理を終えた列車はすでに走りはじめていた。

日が暮れはじめ、落ち着こうとすればするほど不安がつのり、このばかげた考えを追い払えず、殺されたあとのことまで考えていた。私が戻らないのを心配して、みんなが探しまわるだろう。見知らぬ男の家の暖炉《だんろ》で、バラバラにされて、黒焦《くろこ》げになった体を見つけたら……

列車が目的の駅に着いたとき、私は心に決めた。降りたらすぐに反対側のホームに走り、パリ行きの列車に乗る。いずれにしても一時間も到着が遅れたのだから、彼も待っているはずはない。この恐ろしい惨殺《ざんさつ》から逃れられる……

改札で次のパリ行きの列車の時間を尋《たず》ねると、四十五分後とのこと。これで完璧だと思ったのもつかのま、目の前に例の男性が現れた。私は殺人者の顔をデッサンしようとでもするように、彼をじろじろ眺めた。白髪の目立つグレーの髪、赤いポロシャツ、クラシックなパンタロンに革のサンダル。

「こんにちは。列車は遅れましたが、快適な旅でしたか？」

そう言って彼は私にほほえみかけ、荷物を持ってくれた。リラックスした、さりげない友好的な態度に、私の緊張も少しゆるんだ。彼の車に乗りレストランに向かう道中、そして食事中も、口を開かない私にかわって彼があれこれとおしゃべりをしてくれた。翌日の誕生日パーティには、大勢の友達が自宅にやってくるということだった。

明日は人がたくさんいるとしても、今夜はふたりきり？　もうおしまい、もう彼から逃れられない。口には出さなかったが、恐怖は顔に出ていたかもしれない。

ついに、彼の家に到着した。小さな一軒家《いっけんや》には彼のほかには誰もいない。私は心穏《おだ》やかではなかったが、とりあえずパリから持ってきたおみやげを渡すと、彼が私の頬《ほお》にお礼の意味をこめてキスをした。その瞬間、これまで抱いたことのない感覚が胸をかすめた。軽い戦慄《せんりつ》のような、おかしな、でも、心地よい感覚。私は驚いて、一歩、あとずさりしてしまった。男性に対して、こんな感覚を抱いたのは生まれて初めてのこと。この戦慄のようなものを、私はなんと名づけてよいかわからなかった。

私ひとりのために部屋を用意してくれたにもかかわらず、眠りこんでいるところを襲われ、殺されるかもしれないという考えがどうしても追い払えない。「いいかげんにしなさい。彼はとても紳士的に接してくれたじゃない。怖《こわ》ければ鍵《かぎ》をかけることだってできるんだし、子供っぽいことを考えるのはよしなさい」いくらそう自分に言い聞かせても、いつまでも寝つけなかった。

翌日、彼の言ったとおり、アフリカ人を含めて大勢の友達が家につめかけ、パーティは大盛況だった。彼は私に、これまで旅して歩いた国々のことや写真に対する情熱について話してくれた。そして夜遅くまで一緒に踊り、おおいに笑い、その翌日は、みんなで砂丘を散歩しながら写真を撮《と》った。すべてが素朴《そぼく》で、愉快《ゆかい》で、男性恐怖症だったのが嘘《うそ》のように、私はこの男性のそばで穏《おだ》やかな気持ちでいられた。

駅まで見送ってくれた彼に、パリへ戻る列車に乗る直前に抱きしめられた。彼の両腕に包まれ、私は嫌悪感を抱くどころか、心地よさを感じていた。パリまでの道中はまるで恋する乙女《おとめ》のように夢見心地だった。

この日から九年の歳月が流れたが、ずっと、この気持ちが続いている。私もついに、やさしくて、紳士で、ユーモアに満ちた、広い心を持った男性と出会えたのだ。心からやさしい気持ちで接してくれるおかげで子供たちも彼のことが大好きで、私も歳月を経た今でも、彼に魅了されたままだ。

四人の子供たちがそれぞれ自立した現在、私は彼とふたりで暮らしているが、闘いを続けることが私にとっての情熱であり、義務以上のことだと理解してくれている彼は、いつでも私を支えてくれている。ローマ、ストックホルム、ロンドン、パリ、アフリカ、アジア、ニューヨークと世界を飛びまわっていると、数週間も彼に会えずに恋しくてしかたなくなることもある。だから、どこにいても私は彼に電話をかける。近くにいても遠くにいても、いつも見守ってくれる彼のおかげで、私は情熱を枯らすことなく、断固とした態度で闘っていられるのだ。

私がグリオのように自分の人生を本書で語ったのは、なにも自分をほめそやすためではない。これまで歩んできた道、つまり、生まれた土地のマンゴーの木陰《こかげ》から、日の当たる国際的な舞台に至るまでの執拗《しつよう》な歩みを知ってもらうことこそが、ベールで覆《おお》われていた悪《あ》しき因習《いんしゅう》を白日《はくじつ》のもとにさらす闘いを理解してもらえることにつながると思ったからだ。

本書がアフリカじゅうで翻訳され、スキャンダルとしてでなく、考える手段としてすべてのアフリカ女性に受け止めてもらえたら、これ以上嬉しいことはない。ただ、口頭で伝達する習慣のあるアフリカでは、伝え聞かせて歩く伝道師たちの力に頼らなくてはならないが、彼らは私たちの願いが叶《かな》うよう手助けをしてくれると約束してくれた。

私たちには、切除およびあらゆる暴力に対し、ノーという義務がある。今、アフリカ女性のひとりひとりが、その義務を負っている。たとえ文化、伝統という名のもとであっても、幼い少女が次々と切除される状況を許してはならない。アフリカ女性の性を奪い、性に関する事実を覆《おお》い隠すような権利は誰にもないのだ。

あとがきにかえて　女子性器切除撲滅《ぼくめつ》への闘い

あまりにばかげた性器切除の理由

　あるアフリカ人男性は私にこう言った。

「女性を強姦《ごうかん》から守るためのものだ」

「強姦する男が女性のデリケートな部分に興味があると思うの？　まず性器を見てから、それから強姦するとでも思うの？」

　別の男の意見。

「女たちが、ほかの男たちに走らないようにするためさ」

「悦《よろこ》びを奪っても欲望まで奪うことはできないのよ。切除された女性の性行為は、彼女にとっても、あなたにとってと同じくらい悲しいものなのよ」

男性の快楽を高めるため。社会の団結を維持するため——。

さらにひどい理由もたくさんある。

女性の生殖器《せいしょくき》は汚く、醜《みにく》く、悪魔のようなもの。生まれてくる子供がその部分に触れると、その後の人生に悲劇が起こる。ゆえに切り取っておかなくてはならない。

男性の性器のミニチュアである生殖器は、消去されるべきだ。

クリトリスの切除は服従のシンボルだ。

切除することで女性の生殖能力が高まる。

そして、きわめつけが、宗教で決められているという大嘘《おおうそ》だ。

自分自身もこの性器切除の歴史についてもっとよく知りたいと思い、医師の話を聞いたり図書館に通って調べたりするうちに、私のなかでまず明らかになったのは、すべてのイスラム信者の女性が性器切除をされているわけではないという事実だった。セネガルでもウォロフ族のあいだでは行われておらず、北アフリカのアラブのいくつかの国でも、この慣習は存在しない。私が切除されたときも、地区で「割礼《かつれい》」を行っているのは私たちソニンケ族と、カザマンス地方から来たマンディング族の家族だけだった。つまり、女子性器切除は宗教とはまったく関係ないということだ。そして、小児科医や産婦人科医の話から、切除することで肉体的障害を引き起こし、女性の健康に有害な影響をもたらすということもはっきりした。私自身の経験だけから言っても、長年の腹痛、難産、出産時の裂傷《れっしょう》や激痛が、この切除のためだったのは明らかだ。

母親たちは、自分自身も経験したことだというのに、娘たちにはなにも知らせない。肉体的苦痛も、心を蝕《むしば》む苦悩も、自分の胸だけにしまいこみ、こっそりと処理してきた。もちろん女性なら誰しも性生活の問題についてはぺらぺら語ったりせず、自分のなかに隠しておきたいものだろう。ましてや私の生まれた土地では、口にしないことが大原則だった。そもそも、性における悦びというものを知らないのに、どうやって説明することができるだろう。それだけに、性器切除に関するメディアの報道や世間の反応、そして野蛮人《やばんじん》扱いされることには、戸惑《とまど》い、ショックを受け、傷つけられた。しかも、私たちは理にかなった反論をすることができない。ひたすら伝統にのっとって続けてきたことであり、歴史的背景も根拠も、なにも教えられてこなかったのだから、当然といえば当然だ。

コーランのなかで触れられていないことはすぐに確かめられたが、情報を求めて図書館から図書館へと走りまわり、どんなに文献《ぶんけん》にあたっても、決定的な解答を示してくれるものはほとんど存在しなかった。もっとも詳しいのは『GAMS』（女子性器切除廃止のための女性の団体）の活動家たちだった。団体はアフリカから送られてきたドキュメンタリーフィルムも所有していた。タイトルは、そのものずばり、『ペテン』。ナイジェリアで行われた幼い少女の性器切除の様子を実録したものだが、画面に描きだされる残酷で野蛮《やばん》なシーンはとても正視できるものではなく、なにより恐ろしいのは、それが男の手で実行されていることだった。

セネガルの女子割礼《かつれい》は女性の手で行われる。男たちは首謀者《しゅぼうしゃ》ではあっても、その場に居合わせることがないばかりか、タブーである女性性器について口にすることすらない。このドキュメンタリーを見るまで、私は男性の手で切除が行われている国があるとは知らなかった。撮影された土地の女子割礼は切除と陰部縫合《ほうごう》という拷問《ごうもん》以上のやり方で、クリトリスから大陰唇《だいいんしん》、小陰唇まですべてを切り取ったあと外陰部の両側を閉じて癒着《ゆちゃく》させ、尿が通るように小さな穴だけを残す。未来の夫が処女を奪う日まで何者の介入《かいにゅう》も許さぬよう、性器は完全に封鎖されるのだ。そして男たちは——こんなことをする者を男と呼べるかどうか疑問だが——性的な力で、しかも一回で、この縫合された性器に押し入り処女を奪わなくてはならないという。そうでないと、その男の精力が疑われることになる。失敗を犯さぬよう、ナイフを使う者もいるらしい。

この方法で切除された女性は、出産するときに縫い目をほどかなくてはならない。そして赤ん坊を産んだら縫い直す。その後の出産でも、それを繰り返す。

恐ろしいとしか言いようがない。若い母親は、こうしてつねに苦痛に耐えなくてはならない。出産時に産道が萎縮《いしゅく》して赤ちゃんがうまく出てこなかったり、会陰《えいん》部が裂《さ》けて大量の出血が起きたり、感染症にかかったり、形容しがたい激痛のショックで命を落とす女性もたくさんいるという。私はこうした被害の実態を知って、完全に打ちのめされた。

それぞれの部族にそれぞれの慣習があることも、それまでは知らなかった。もしこういう言い方が許されるなら——クリトリスの包皮だけを切り取る「簡単な」割礼や、切り傷をつけて血を噴きださせるだけの、象徴としての割礼もあるが、その一方で前述したようなおぞましい割礼をする部族もいる。これは、エジプトで古代から伝わることに由来して、「ファラオ式割礼」と呼ばれている。

現在、女子性器切除はアフリカのおよそ三十の国々で行われており、なかでもエジプト、マリ、エリトリア、ソマリアには、この風習がことさら根強く残っている。

古代エジプトの遺跡を鑑賞しに世界じゅうから訪れる旅行者は、カイロの街なかに、なんの支障もなく、金銭と引き換えに幼い少女たちの性器切除を行う場所が存在することを知っているだろうか。しかも、それが男たちによって運営されていることを。

性器切除は重罪!

一九七九年にマリの女の子ボボが亡くなるまで、フランスで生まれた多くのアフリカの少女が性器を切除されている。自分自身の経験から言っても、産婦人科医や助産婦が気づかないはずはないのだが、よその国の「伝統や文化」に口出しをしてはいけないという気遣《きづか》いゆえか、見て見ぬふりをしていたのだと思う。

ボボの死が大々的に報道されたことによって、活動家は移民のアフリカ女性たちに警告しやすくなった。まずは、妊婦・幼児保護局の小児科医の助力を得て、娘たちに性器切除を繰り返さないよう母親の説得にあたった。移民してきたほとんどの女性は新聞を読むどころか、テレビで報じられていることも理解できずにいたが、私たちが情報を伝えることで、メディアが語る内容について認識するようになった。

ボボの切除をした女性のことは、当時、ほとんどのアフリカ女性が知っていた。残念なことに、アフリカ女性を目覚めさせ、この悪《あ》しき慣習を世に知らしめるためには、ひとりの犠牲者《ぎせいしゃ》が必要だったのだ。大量出血のためにこの世を去ったボボは、生まれてからまだ、たったの三か月だった。

切除は重大な犯罪行為であるにもかかわらず、ボボの両親が出頭したのは殴打《おうだ》や傷害を裁く軽罪裁判所だった。

一九八三年、最高裁判所は、十五歳以下の少女に対する女子割礼《かつれい》をクリトリス切除とみなす、つまり重罪裁判所で裁かれるべき重罪であるという判決をくだし、十年から二十年の禁固重労働が科せられることになった。

一九八四年、女性の権利連盟および女性SOSは、ボボの裁判に際し、損害賠償を求めることを決めた。幸運にも私たちは有能な女性弁護士、リンダ・ウェイル・キュリエルに出会うが、彼女は女子割礼に対して軽罪裁判所がいかに無力であるかを示し、両親の独断で未成年の子供になされた任意の切除は、殴打《おうだ》や傷害などではなく、フランスで重罪とされているのと同じ犯罪行為であり、施術者《せじゅつしゃ》と両親は重罪で裁かれるべきであることを明らかにしていった。

一九八六年、六人の娘たちの性器切除の責任を負う夫婦が、またしても「殴打および傷害」の罪に問われ、検察側は娘たちを「先祖代々の風習の名残の犠牲者《ぎせいしゃ》」とした。だが翌年の控訴で、検察側の判断に反して罪科が修正され、ウェイル・キュリエル弁護士が示したように、歴然とした重罪として裁かれることになった。

一九八八年には重罪裁判所において、初めて真の有罪判決がくだされた。ひとりの男とそのふたりの妻に対し、執行猶予《しっこうゆうよ》つきで三年の禁固刑が宣告されたのだ。そして、切除を行った女性に五年間の禁固刑が言い渡されるのは、それから三年後の一九九一年のこと。一九九三年にはひとりの母親が、続いて一九九六年には母親の反対にもかかわらずアフリカで娘に女子割礼をさせた父親が有罪判決をくだされる。そしてついに一九九九年、裁判史上初めて、勇敢なマリ人の娘が、切除を「職業」にしていた女性を訴えた。

二十四歳の、法律を学ぶ学生である彼女は、自身は八歳のときに切除されており、末の妹が切除されると聞いて反抗しようと決めたという。

訴えられた切除師の女性は、一九八八年にすでに別件で執行猶予つきの有罪判決を受けているが、「フランスで禁止されているとは知らなかった」うえに、「鍛冶屋《かじや》階級というのは、高貴な家庭を助けるのが仕事である」として、無罪を主張した。彼女は自分が暮らしている国の法律を知らなかっただけでなく、彼女を監視していたフランス人の判事が、彼女が切除を行って報酬《ほうしゅう》を受け取っている事実をつかんでいたのも知らなかった。施術《せじゅつ》するたびに受け取っていた額は、百四十から五百フラン。起訴状《きそじょう》によれば四十八人の娘の切除を行ったとされているが、実際はそれ以上の数に違いない。

ウェイル弁護士が原告を弁護したこの裁判に私も立ち会った。法学部の学生の原告が、たとえようのない苦痛、妹たちの叫び声、そして台無しにされた自分の性生活について切々と訴えたのに対し、小児科医の男性がクリトリスの切除は表面的な切除でしかないと証言するのを聞いて、私は弁論の真っ最中に大声で叫びたくなった。クリトリスに匹敵《ひってき》するものをカミソリの刃で切られてから、出直してきなさいよ、と。

幸い、「男性ならば陰茎《いんけい》と亀頭《きとう》を切り取られるのと同じことです」という専門家の発言で、私はわが意を得たりと落ち着きを取り戻したが、討論番組の弁護士といい、この小児科医といい、無責任な発言をする男たちには、あきれるばかりだ。

この裁判で私たちの団体は、ボランティアによる情報提供などのおかげで活動をしている地区では切除はほとんど行われなくなった、と報告することができた。しかしすべてが順調というわけではなく、パリ市内の妊婦・幼児保護局においてさえ、移民のアフリカ女性を混乱させてはいけないと、文化的例外を口実に逃げ腰になっている人たちがいるのが現状だった。先述した産婦人科のある女医が言ったことを、私は一生忘れないだろう。

「アフリカ人の性器なんか、放っておきなさいよ」

自分が切除されていたとしたら、そんなことを言えるだろうか。

終わりなき闘い

一九九九年、セネガルで法により女子割礼《かつれい》が禁止されたように、性器切除は現在、ブルキナ・ファッソ、コート・ジボアールを含むアフリカの多くの国で法的に禁じられている。しかしエジプトでは、政府の諮問《しもん》機関が一九九六年に禁止を試みたものの、決議から数か月後、原理主義者たちによって政府の決定が覆《くつがえ》された。彼らは病院であれば施術《せじゅつ》してよいという許可を手に入れた。スーダンでは一九四〇年代に性器切除を禁止する法律が公布されたにもかかわらず、もっとも残忍な切除がいまだに日常的に行われ、女性を苦しめている。

一方で、カイロのアズハル・モスクの礼拝の導師《イマーム》のように、周囲の反対を押し切って、「コーランでは性器切除を正当化していない」と公《おおやけ》の場で悪《あ》しき因習《いんしゅう》に反対する宗教指導者も出てきた。まだまだ、長い道のりを歩むことになるだろうが、それでも宗教が正当化したものだという大きな嘘《うそ》に歯止めをかける第一歩ではあった。

アフリカの多くの国家元首たちは、宗教指導者やマイノリティの団体の感情的な反応を前に尻ごみしてしまうことが多い。こうした現状を覆すためにも、「宗教はこの慣習を強要しない」と明言して母親たちを説得してくれる宗教指導者が、ひとりでも多く出てくることを願ってやまない。

二〇〇三年七月、アフリカ諸国は、女性の人権に関する憲章の追加条項として『マプート議定書』と呼ばれる協定書に署名した。もし本当に適用されれば、アフリカ女性の生活環境を変えることになる、素晴らしい協定だ。そこでは男女の平等が謳《うた》われ、女性に対する暴力、性器切除や強制結婚など女性の健康を害する行為は罰《ばっ》せられると明記されている。

ところが悲しいかな、この協定書がまだ正式に認められていない国がある。現在のところ五か国で法律が発効されておらず、おそらくは文化的例外という名目で新たな修正が求められている。それぞれの国に、それぞれの文化がある、それは当然のことだが、国際的な協定にもかかわらず、男たちのひと言に服従しつづけなくてはならない女性たちがいる。私たちアフリカ女性は、署名ずみの協定書にコンマひとつでも手を入れることを、断固として拒否しなければならない。私たちはアフリカのすべての国が、例外なしに、この条約を批准《ひじゅん》することを望んでおり、実際、エマ・ボニーノをはじめとする議員や弁護士たちが、すべてのアフリカの国々、とくに二の足を踏んでいる国々で世論を喚起《かんき》し、この条約が批准されるだけでなく施行《しこう》されるよう精力的にキャンペーンを行っている。

さらに、女子割礼《かつれい》は娘たちの健康をはなはだしく害する危険性があることをアフリカの小さな村の隅々にまで伝えていくために、NGOの存在も必要だ。実際にNGOの尽力《じんりょく》と保健機関の手助けのおかげで、切除をいっせいにやめた村もある。隣人が次々と切除をやめていけば、続けている者たちは例外的な存在になる。切除は少しずつ減らしていけるのだ。

世界じゅうの性器切除の犠牲者《ぎせいしゃ》の数は、一億三千万人以上にのぼると推定されている。フランスの総人口の約二倍以上に相当する人数だ。

私もその犠牲者のひとりだった。切除されたその日に運命は決まる。あとはなすすべもなく、思春期前の強制的な結婚、未熟な体での妊娠と、悪循環の渦《うず》に巻きこまれていった。結婚してからというもの、服従以外に私はなにも知らなかった。そして、それこそが、自分たちだけの快楽のために、男たちが望むことだった。

切除された女性にとって快楽はタブーなだけでなく、未知のものだ。ある女性が目の前で口にした「オーガズム」という言葉を初めて聞いたとき、私は図書館に走って、この言葉の意味を必死で探した。そしてそのときになってようやく、女としての自分に欠けているもの、七歳で切除されたために失われたものがなんなのか、理解できた。子供のうちに切除するのは当然のことだと、おとなたちは子供の頭に叩《たた》きこむ。しかし、快楽を取り除くことはできても、欲望は取り除けない。

人間として生まれてきたからには、それぞれに、それぞれの意思で歩んでいく道があり、人生がある。アフリカ女性の性器は醜《みにく》くもないし、不純でもない。神が創造した私たち女性の体。その神の作品をなぜ破壊しなくてはならないのか。

この世が始まって以来、女性の性器こそが命を生みだしてきた。その事実を忘れてはならないのだ。

訳者あとがき

女性の体のなかでも、もっとも敏感な知覚器官である陰核《クリトリス》を少女のうちに切除してしまうという、文字にするだけでも恐ろしい慣習がある。さらに驚くことに、アフリカ、中東、アジアの諸国でこれまで一億三千万人以上もの少女が切除され、今でも年に二百万人の少女がこの慣習の犠牲《ぎせい》になっているという。数字を見ただけでもこの問題がいかに深刻なものか思い知らされるが、そのわりに認知度が低いのはなぜだろう。

この慣習は、それぞれの部族、あるいは村や町に根づいた土着のものだけに、たとえ国の法律が禁じていても、まるで日本で七五三に振袖《ふりそで》を着せるような感覚で、「伝統だから」「割礼《かつれい》しなければ不浄《ふじょう》とみなされ、結婚してもらえないから」と、母から娘へと、二千年も前から連綿《れんめん》と受け継がれてきたと言われる。施術《せじゅつ》は想像を絶する痛みを伴《ともな》い、その後も様々な弊害《へいがい》に悩まされる。しかも、少女は陰核を失うことで、その後の人生で当然持ちうるはずだった性の悦《よろこ》びを剥奪《はくだつ》されてしまう。施術《せじゅつ》時のトラウマのせいで性行為に恐怖を抱いたり、異常な痛みに生涯悩まされたり、出産時に命を落とす女性も少なくない。

これほど残酷《ざんこく》な慣習を続ける理由は諸説あるが、男たちが女性から快楽を奪い取り、隷属《れいぞく》させるという、絶対的な支配欲からきているというのが定説だ。こうした歴然とした男性優位社会で生き延びていくためには、どんな苦痛を味わっても女性たちは口をつぐんでいるしかなかったのだろう。

しかし、いつの世にも勇気ある女性というのは出現するものだ。ソマリアの遊牧民として生まれたワリス・ディリーは逆境を乗り越え、スーパーモデルとして成功を収め、少女のときに性器切除を受けたことを九〇年代後半に世界に向けて告発し、国連大使として活躍するまでになった。このころから「女子割礼《かつれい》」と呼ばれていたこの慣習は、反対派により「女子性器切除」と呼ばれるようになった。

そしてまたひとり、私生活をさらしてでも、当事者が訴えていかないかぎり実態が伝わらないと、意を決し証言に踏み切った勇敢な女性が現れた。本書の著者、キャディだ。

キャディはセネガルで生まれ、七歳のとき祖母の知り合いの女性の手で割礼を受けた。表紙の写真は切除の直後、小学校にあがるための身分証明書用に写したものだという。うつろな瞳が、おとなが儀式と呼ぶ施術がいかに苦しいものだったか、いかに心身ともに傷つけられたかを物語っているように見える。

キャディは十三歳で強制結婚させられ、十五歳でフランスに暮らす夫に合流し、十六歳から次々と五人の子供を出産する。そして、最初に生まれた娘三人には、当然のこととして割礼を受けさせてしまった。ところが七〇年代の終わりに、女子割礼を受けた女の子が亡くなったというニュースを耳にしたときから、疑問を抱きはじめた。そこからがキャディの闘いの始まりだった。

原題の「mutilée（ミュティレ）」は、手足など体の一部を切断された、損《そこ》なわれた、歪曲《わいきょく》された、といった意味を持ち、そのひとつひとつの言葉に、「悪意があって」あるいは「故意に」というニュアンスが含まれている。つまり、このタイトルには、女性の心身をひどく傷つけ女性の人権を無視する女性差別の悪習は撲滅《ぼくめつ》すべきとする、キャディの切なる訴えが込められているのだ。

本書はフランスで二〇〇五年に発売と同時にベストセラーとなり、六万人の女子が切除されているというフランス同様、多くの移民を抱えるヨーロッパ諸国で次々と翻訳され、じわじわと、この問題に対する関心が広まりつつある。

本書を翻訳中、キャディに会う機会に恵まれた。

民族衣装ではなく、トレンチコートに帽子をかぶり、颯爽《さっそう》と現れた彼女は、百八十センチ近い長身ということもあり、まるでモデルのように見えた。

「一度、モデルの仕事に誘われたことがあるの。でも、胸元の大きく開いたブラウスを着せられそうになっただけで逃げだした。私のなかの慎《つつし》みが、とても許さない（笑）」

あっけらかんとした笑顔からは、過去の壮絶な日々の片鱗《へんりん》は見て取れない。

「夫との離婚にたどりつくまでの私には、超人的な力が働いていたのだと思う」

キャディの求める自由への鍵《かぎ》は、まずは憎しみに満ちた夫婦生活を終わりにすることだったが、夫の暴力を受けながらも子供たちのことはいつも一番に考えていたという。夫婦の問題からはできるだけ遠ざけ、貧しくても手作りの料理を食べさせ、寝る時間を惜《お》しんで自分で裁縫《さいほう》した服を着せて、子供たちに貧しいと思わせないよう、愛情たっぷりに接した。そんなキャディの子育ての話を聞いているうち、最近、よく耳にする「品格」という言葉が頭に浮かんだ。

アフリカの社会を変えていくのは、キャディのような女性たちだ。女性が自ら人権に目覚め、「品格」を保ちつつ自立を目指すことで、女性の地位が少しずつでも向上していくことこそが、アフリカ社会の変革につながっていくはずだ。

とはいえ、悪《あ》しき因習《いんしゅう》の撲滅《ぼくめつ》に向け、世界じゅうの数々の団体が立ち上がり、確実に歩みは進んでいる一方で、伝統は維持すべき、外部の介入《かいにゅう》は迷惑とする擁護《ようご》派もいることを忘れてはならない。社会と文化に深く根づいた慣習だけに、人々の伝統倫理を覆《くつがえ》していくには、まだまだ長い道のりが必要だろう。

私たち日本人には、なにができるのだろうか。性器切除という慣習だけを取り上げれば、本当の話？と疑いたくなるような遠い世界のことかもしれない。でも、その慣習を支える男性優位社会はどうだろう。女性の地位は上がりはしたけれど、最近、明るみに出はじめた家庭内暴力の膨大《ぼうだい》な被害者数だけ見ても、性差別はまだまだ家庭内にも社会にも横行しているという事実は否《いな》めない。本当の意味での女性の尊厳《そんげん》や自由を求めているのは、アフリカの女性ばかりではないのだ。

だからこそ、開発途上の国々で起きている問題としてではなく、同じ時代に生きるひとりの人間として考えてみたい。そのためにはキャディの望むように、まずは実態を知り、周囲の人たちと話し合うこと。そのうえで、廃絶に向けて運動している人たちの歩みを見守りながら、自分なりの方法を見つけて応援していけたらと思う。

最後に、この貴重な証言集を訳す機会を与えてくださったヴィレッジブックスの鈴木優さん、そして、いつものことながら、適切なアドバイスで頼りない訳者を導いてくださった津田留美子さんに、心より感謝いたします。

二〇〇七年三月

この本を母に、
祖父母に、
兄弟や姉妹に、
闘う勇気と力を与えてくれた子供たちに、
そしてパートナーに捧げる。

人間の肉体的、精神的尊厳のため、特に女性の基本的な権利のため、
闘いに参加して私に感銘を与えてくれたすべての人々に感謝したい。

近くで、また、遠くから、私の闘いを支えてくれた人たち、
そして本書の出版を実現するために私を支えてくれた
すべての人たちに、お礼を言いたい。

La Palabre

ラ・パラーブル

この団体は、不平等、暴力、人種差別、
そして女子性器切除や早すぎる結婚、
強制結婚など女性の健康を害する忌まわしい慣習に対し、
暴力を使わない形で闘い、女性と子どもたちの基本的な権利を守り、
教育していくことを目的として作られました。

ヨーロッパ代表
Khady Koita（キャディ・コイタ）
住所 Jezus Eiklaan 56A2 3080 Tervuren Belgique
電話番号 +32-495-99.24.27
eメール lapalabre@hotmail.com

*

団体のメンバーになるためには下記の、
団体の秘書にご連絡ください。

Els Leye（エルス・レイエ）
電話番号 +32-497-48.29.53
eメール els.leye@skynet.be

*

寄付を受け付けています。
銀行名 Triodos Banque
住所 Rue Haute 139/3 1000 Bruxelles Belgique
口座番号 523-0802332-23
IBAN BE92 523 0802332 23
BIC TRIO BE91

【著　者　紹　介】

キャディ

Khady

1959年セネガルに生まれる。7歳のときに性器切除を受け、13歳で結婚、15歳でフランスに渡る。現在4人の子どもたちとともにベルギーに暮らす。女性と子どもの権利を守るために設立された団体「La Palabre(ラ・パラーブル)」のヨーロッパ代表を務め、女子性器切除や強制結婚などの悪習を廃絶すべく、精力的に活動している。自身の経験を赤裸々に語った本書は、フランスで大きな話題となりベストセラーとなった。

【訳　者　紹　介】

松本百合子

Yuriko Matsumoto

上智大学仏文科卒。翻訳者。おもな訳書に、ベッソン『アーサー』シリーズ(角川書店)、ブシェ『和美食』(アーティストハウス)、スアド『生きながら火に焼かれて』ダルデンヌ『すべて忘れてしまえるように』(ヴィレッジブックス)など多数。

切除されて

2007年5月20日　初版第1刷発行

著者　キャディ

訳者　松本《まつもと》百合子《ゆりこ》

発行人　鈴木徹也

発行元　株式会社ヴィレッジブックス
〒102-0074 東京都千代田区九段南2-1-30
電話 03-3221-3131（代表）
03-3221-3134（編集内容に関するお問い合わせ）

発売元　株式会社ソニー・マガジンズ
〒102-8679 東京都千代田区五番町5-1
電話 03-3234-5811（販売に関するお問い合わせ）
03-3234-7375（乱丁、落丁本に関するお問い合わせ）

印刷所　中央精版印刷株式会社

ISBN978-4-7897-3097-6 Printed in Japan